AF295230

Ulrike Rylance wurde 1968 geboren und wuchs in Jena auf. Sie studierte Englisch und Deutsch und lebte fast zehn Jahre lang in London. 2001 zog sie mit ihrer Familie nach Seattle, USA, wo sie auch heute noch wohnt. Seit vielen Jahren schreibt sie unter verschiedenen Pseudonymen erfolgreich für Kinder und Erwachsene.

DEAD GIRLS DON'T TALK

EIN PACKENDER YOUNG ADULT THRILLER

ULRIKE RYLANCE

Deutsche Erstausgabe Juni 2024

Copyright © 2024 dp Verlag, ein Imprint der
dp DIGITAL PUBLISHERS GmbH
Made in Stuttgart with ♥
Alle Rechte vorbehalten

Dead Girls don't talk

ISBN 978-3-98998-301-4
E-Book-ISBN 978-2-38619-049-0

Dieses Werk wurde vermittelt durch die
Literaturagentur Kai Gathemann GbR.

Covergestaltung: Buchgewand
Umschlaggestaltung: ARTC.ore Design
Unter Verwendung von Abbildungen von
shutterstock.com: © Arman Novic, © MM_photos, © Eugene_Photo,
© Stacey Ann Alberts
Korrektorat: Daniela Pusch
Satz: dp DIGITAL PUBLISHERS GmbH
Druck und Bindung: Books on Demand GmbH, Norderstedt

Das Werk darf – auch teilweise – nur mit
Genehmigung des Verlages wiedergegeben werden.

Sämtliche Personen und Ereignisse dieses Werks sind frei erfun-
den. Etwaige Ähnlichkeiten mit real existierenden Personen, ob le-
bend oder tot, wären rein zufällig.

Prolog

Sie konnte nicht schreien.

Das Klebeband über ihrem Mund erstickte jedes Geräusch. Dann eben treten. Sie zog die Beine an, so gut sie konnte. Viel Platz war in diesem dunklen Loch nicht, außerdem schnürte der straffe Draht ihr fast das Blut in den Füßen ab. Ein dumpfes Geräusch erklang, als ihre Turnschuhe an das Holz knallten.

Verdammt! Etwas Heißes, Verzweifeltes schoss in ihr hoch, füllte ihre Augen, ihre Nase. So weit durfte es nicht kommen. Die Nase musste frei bleiben zum Luftholen. Sie musste sich konzentrieren. Sich zwingen, nicht in Panik zu geraten. Dieser läppische Riegel da draußen. Sie hatte ihn gestern selbst gesehen. Das war zu schaffen, so ein verdammter kleiner, rostiger Riegel. Sie musste immer wieder gegen die Tür treten, irgendwann würde er nachgeben. Und dann würde sie ins Wasser fallen, aber das war kein Problem. Auch nicht mit gefesselten Händen und Füßen. Das Wasser war nicht tief und sie war eine ausgezeichnete Schwimmerin, außerdem konnte sie spüren, dass sich der Draht an ihren Handgelenken lockerte. Wenn sie weiter daran zog und zerrte, konnte sie vielleicht eine Hand befreien. Sie lauschte. Irgendwo da draußen erklang ein fernes Lachen. Würde jemand sie hören?

Sie schloss die Augen. Holte schniefend Luft durch ihre verstopfte Nase. Und trat wieder zu, so hart sie nur konnte.

Es knirschte! Hektisch rutschte sie auf ihren Shorts ein Stück nach vorn. Ihr nackter Oberschenkel ratschte über eins der unzähligen dicken Seile, die hier herumlagen wie Schlingpflanzen. Haut riss blutig auf, aber sie merkte es nicht. Noch ein Tritt. Die Tür gab nach!

Sie wollte vor Erleichterung schreien, doch wegen des Klebebandes kam nur ein dumpfes Keuchen heraus. Sie roch den leicht fauligen Geruch des Wassers, rollte sich auf den Bauch, stemmte sich auf alle viere und rutschte zentimeterweise zu der kleinen Lukentür. Frische Nachtluft strömte herein. Das Wasser begann keine drei Zentimeter unter der Luke. Zum Ufer waren es ungefähr zehn Meter – ein Kinderspiel, besonders jetzt, wo sich der Draht so weit gelockert hatte, dass sie ihren rechten Daumen herausziehen konnte. Genug um das widerliche Klebeband aufzureißen. Es ging nicht ganz ab, hing noch an einem Stück, aber wenigstens konnte sie wieder richtig atmen.

Sie holte tief Luft. Jetzt oder nie. Sie ließ sich ins Wasser fallen, doch als sie auftauchen wollte, spürte sie, dass etwas sie festhielt. Sie drehte sich auf den Rücken, versuchte zu erkennen, was es war, zerrte und ruckte. Ihre zusammengebundenen Füße hatten sich in einem der Schlingseile verheddert und sie kam nicht heraus. Sie hing unter Wasser fest!

Ein berstender Druck breitete sich in ihrem Brustkorb aus. Nein! Sie musste an die Oberfläche, an die Luft. Ihre Bewegungen wurden schneller, chaotischer, sie riss ihr Bein verzweifelt hin und her. Ihr Kopf schien zu zerspringen, das Herz raste, sie musste ihren Mund öffnen ... das Wasser... es schmerzte so sehr in ihren Lungen ... brannte, zerriss, zerfetzte ...

Das Letzte, was sie wahrnahm, war eine kleine rosa Wolke, die auf sie herabschwebte.

1.

Zwei Tage zuvor

Der Mann, der uns im Zug gegenübersaß, war nicht zum Aushalten. Managertyp – feinstes graues Jackett, graue Schläfen, durchdringender Geruch nach Eau de Erfolg und arroganter Blick. Jedes Mal, wenn sein Handy klingelte, drückte er wie elektrisiert darauf und brüllte »Ich grüße Sie!« hinein. Und jedes Mal gab Melanie neben mir ein unterdrücktes Gurgeln von sich. Ich trat ihr heimlich gegen das Bein. Wenn er nicht bald mit der Grüßerei aufhörte, würden wir beide vor Lachen explodieren.

Ich versuchte, mich mit einem Buch abzulenken und mich auf die nächste Woche einzustimmen. Eine Woche in Tante Lenas Hausboot – ohne Tante Lena natürlich. Streng genommen war es auch nicht ihr Hausboot, sondern das von Onkel Holger, weswegen sie auch nichts mehr damit zu tun haben wollte. Onkel Holger war nämlich vor einiger Zeit mit seiner neuen Flamme auf und davon.

»Soll ich vielleicht im Sommer alleine auf dem Kahn im Spreewald rumhocken, während der mit seinem Flittchen durch die Welt gondelt? Da oben gibt's doch nichts außer Wasser und sauren Gurken«, hatte Tante Lena aufgebracht verkündet.

»Lena, bitte!«, hatte meine Mutter gemurmelt, denn sie konnte die Holger-der-Schuft-Tiraden wohl auch nicht mehr hören. Aber mir war plötzlich eine geniale Idee gekommen. Urlaub auf dem Hausboot. Ohne Eltern. Mit 16!

Meine beste Freundin Melanie war natürlich sofort Feuer und Flamme gewesen.

»Geil! Du und ich alleine auf einer Jacht!« Ihr zu erklären, dass Tante Lenas Hausboot keine Jacht war, hatte keinen Zweck. Es war ja nicht mal ein richtiges Boot, man konnte nicht mehr damit fahren. Nur so eine Art schwimmendes Haus im Spreewald, dieser romantischen Gegend in der Nähe von Berlin, wo ein riesiges Netz aus Wasserkanälen die Straßen ersetzte und die Leute sich statt in Autos auf Booten fortbewegten. Tante Lena hatte mir ein Foto gezeigt. Ich fand, es sah aus wie in Venedig.

Nein, schöner. Idyllischer und verträumter. Im Grunde genommen war unser Urlaub dort zwar nur ein glorifizierter Campingtrip, aber ich hätte auch auf einem Nagelbrett im Urwald geschlafen, um endlich das erste Mal alleine wegfahren zu dürfen. Denn weil es Tante Lenas Hausboot war, hatten meine Eltern überraschenderweise zugestimmt, dass ich mit meiner Freundin dort Urlaub machen durfte.

Nur mit meiner Freundin. Mein Magen zog sich jetzt ein bisschen zusammen. Ich wollte lieber nicht daran denken, dass ich meinen Eltern nicht die ganze Wahrheit erzählt hatte.

»Meine Damen und Herren, in wenigen Minuten erreichen wir Berlin Hauptbahnhof. Unser Zug hat 25 Minuten Verspätung. Sie haben dort Anschluss an ...« Der

Rest ging in knarzendem Lautsprechergeknatter unter. Der grüßende Manager blickte strafend nach oben, wo er offenbar den unsichtbaren Verkünder dieser Hiobsbotschaft vermutete, und guckte dann demonstrativ auf seine Uhr.

Melanie und ich standen auf und wuchteten unsere schweren Rucksäcke in den Gang. Mit lautem Quietschen fuhr der Zug ein und überall begann ein geschäftiges Treiben. Kaum hielt der Zug, fing der Manager hinter uns an zu drängeln und zu schieben.

»Entschuldigung, darf ich mal vorbei? Ich hab's eilig.«

Aber Melanie grinste mir zu und ließ sich Zeit. Umständlich schob sie ihren Rucksack voran, als ob er drei Zentner wog.

»Kannst du nicht ein bisschen schneller machen?«, fragte der Mann gereizt.

Melanie drehte sich scheinbar erstaunt um. »Ich grüße Sie!«, sagte sie ernst und dann hielten wir es nicht mehr aus. Kreischend und lachend stürzten wir aus dem Zug, den Bahnsteig entlang und fielen fast noch mit unseren Rucksäcken um.

»Du bist unmöglich«, japste ich, als wir endlich an einer Brezelbude anhielten.

»Was für'n Idiot«, sagte Melanie nur. Sie runzelte die Stirn und sah sich prüfend um. »Siehst du Alex irgendwo?«

Mein Lächeln fror ein bisschen ein. Alex war Melanies Neuer. Und ich ärgerte mich immer noch über mich selbst. Warum hatte ich mich von ihr beschwatzen lassen, ihn mit auf unser Hausboot zu nehmen? Die Antwort konnte ich mir eigentlich selbst geben, auch wenn sie wenig schmeichelhaft war. Weil ich wollte,

dass Melanie beschäftigt, nein, vergeben war, falls Tobi
noch nachkam. Falls. Ich hatte ihm mehrmals vom Urlaub auf dem Hausboot vorgeschwärmt und war nicht
müde geworden zu erwähnen, dass wir da total unsere
Ruhe hätten, aber er hatte immer nur vage gegrinst und
es war bei einem »Klingt gut« und »Mal sehen« geblieben.

Bei ihm wusste man nie, woran man war. Ich wusste
ja nicht mal, ob er wirklich was von mir wollte oder ob
das Ganze für ihn nur ein netter Abend gewesen war
und ich mir in meiner Schwärmerei was darauf einbil-
dete.

Bei Melanies Party vor zwei Wochen waren wir uns
ziemlich nahegekommen, um nicht zu sagen sehr nahe,
doch während ich seitdem unentwegt davon träumte,
mal wieder allein mit ihm zu sein und seine Hände genau da zu spüren, wo sie sich befunden hatten, als irgendein Idiot in Melanies Zimmer gestolpert gekommen war und das Licht angemacht hatte, schien Tobi
sich damit zufriedenzugeben, mir witzige, aber nichts-
sagende Chat-Nachrichten zu schicken. Und die paar
Male, die wir uns seither gesehen hatten, waren dauernd andere Leute dabei und wir alberten nur herum,
auch wenn er mich dabei öfter als nötig umarmte. Vielleicht war er schüchtern? Und ich war auch nicht gerade die große Aufreißerin. Das war mehr Melanie.
Wahrscheinlich würde ich vor Schreck aus dem Boot
kippen, wenn er auf einmal wirklich dort auftauchte.
Und wenn meine Eltern das jemals erfuhren …

»Ach Clara! Zieh nicht so ein Gesicht«, riss mich Melanie aus meinen Gedanken. »Ihr werdet euch schon ver-
tragen.«

Ihr? Ach ja, der herrliche Alex. Ich tat, als ob ich Alex ebenfalls suchte. Vielleicht hatte er es sich ja anders überlegt? Ehrlich gesagt hätte ich gut und gern auf ihn verzichten können. Nicht nur wegen meines schlechten Gewissens. Ich hatte ihn erst ein paarmal getroffen, aber Alex hatte so etwas ... Unberechenbares. Sein Lachen war einen Tick zu laut, seine Art zu großkotzig und mit der Wahrheit nahm er es auch nicht so genau. Eigentlich wusste Melanie kaum was über ihn. »Ich sehe ihn nicht«, sagte ich.

»Wahrscheinlich kommt er noch.« Melanie warf einen kurzen Blick auf ihr Handy.

»Er ist gerade angekommen«, sagte sie grinsend. »Und er bringt 'ne Überraschung mit.«

»Toll.« Wahrscheinlich einen Kasten Bier. Aber das behielt ich für mich.

»Oh, guck mal. Die schicken Taschen!« Melanie war zu einem Schaufenster in der Ladenpassage gelaufen und drückte sich die Nase platt. Die Taschen waren mir zu kitschig. Ich stand mehr auf ausgefallenere Sachen. Unikate – wie die Tasche, die gerade an einem fremden Arm an mir vorbeizog – schwarz, mit coolen kleinen roten Monstern drauf.

»Haben Sie heute schon was vor, schöne Frau?«, sagte plötzlich eine heisere Stimme hinter uns. Alex. Melanie fuhr mit einem Freudenschrei herum. Ich setzte eine neutrale Miene auf. Jetzt gab es kein Zurück mehr, ich würde Melanie das Liebesglück gönnen. Ich war kein Spielverderber. Langsam drehte ich mich um. Aber dann entglitten mir doch meine Gesichtszüge.

Alex war nicht allein gekommen.

2.

Der Junge neben Alex sah mir nicht in die Augen, als er meine Hand schüttelte. Vielleicht kam es mir aber auch nur so vor, weil ihm die dunklen Haare tief ins Gesicht hingen. Ein Emo? Obwohl, dafür war sein Händedruck zu fest. Fast schmerzhaft.

»David hat beschlossen mitzukommen«, erklärte Alex mit einem breiten Grinsen. »Das wird ein richtig geiler Urlaub, Girls!«

Ich wechselte einen raschen Blick mit Melanie. Noch ein Typ? Den wir überhaupt nicht kannten? Was sollte das denn jetzt? Melanie zuckte nur unmerklich mit den Schultern. Ist doch egal, hieß das wohl.

»Dich kenn ich ja noch gar nicht«, sagte sie jetzt zu David und kicherte albern. Alex hatte seine Hand um ihren Bauch geschlungen und fummelte an den kleinen Bändchen ihres Wickeltops herum.

»Kannst mich ja kennenlernen«, antwortete David bloß. Mir nickte er nur kurz zu. Ich lächelte ein bisschen gezwungen. Mit zwei Jungs in dem Hausboot zu wohnen – das war nicht mehr Urlaub mit der besten Freundin, das war eindeutig was anderes.

Ein... Liebesnest? War Alex mir zuvorgekommen und hatte seinen Freund mitgeschleppt, damit ich beschäftigt war und die beiden nicht störte? Damit ich jemanden hatte, der meine Bändchen aufwickelte? Und was, wenn Tobi auch noch kam? Oh Gott.

Mit drei Jungs auf dem Hausboot zu wohnen, das war … Mir fiel vor Schreck nichts ein. Ich schielte unauffällig zu David rüber. Er war ziemlich muskulös und trotzdem schlank. Als ob er irgendeinen Extremsport machte. Was ich von seinem halben Gesicht hinter den Haaren erkennen konnte, war nicht übel. Seine Jeans ging nur bis zum Knie und ließ den Blick auf ein schrilles Tattoo frei, das seine Wade schmückte. Auf jeden Fall kein Warmduscher. Es gab weiß Gott hässlichere Typen auf der Welt. Allerdings schien er mich kaum wahrzunehmen oder er hatte einfach keine Lust, sich mit mir zu unterhalten. Wahrscheinlich machte er einen auf geheimnisvoller Schweiger. Im Gegensatz zu mir, die immer drauflos plapperte. Nicht mal ein bisschen höfliche Konversation brachte er fertig. Stattdessen sahen wir beide stumm zu, wie Alex und Melanie hingebungsvoll knutschten. Falls das so weitergehen sollte, war es vielleicht gar nicht so schlecht, noch jemanden dabeizuhaben. Jedenfalls bis Tobi kam. Dann konnte dieser David von mir aus zugucken, wie wir hingebungsvoll knutschten. Wenn meine Eltern das jemals rausfanden, war ich zwar fällig, aber ändern konnte ich jetzt sowieso nichts mehr. Ich würde mich jedenfalls nicht entblöden und den beiden Jungs verbieten mitzufahren. Wir standen ein bisschen verlegen herum.

»Unser Zug«, fiel es mir plötzlich ein. »Der fährt in sieben Minuten ab. Am Gleis 22.«

»Na los, ihr Chicks, kommt!«, rief Alex. Er zerrte Melanie am Arm, ohne auf mich zu warten. Chicks! Ich hetzte hinter den anderen her und brach bald unter dem Gewicht meines dämlichen Rucksacks zusammen. Der ach so muskulöse David scherte sich kein bisschen darum. Völlig entspannt überholte er mich und futterte dabei noch einen Apfel. Erst kurz vorm Einsteigen schien er mich wieder wahrzunehmen.

»Geht's?«, fragte er.

»Klar«, fauchte ich. Meine Schultern brannten wie Feuer. Ich warf ihm einen wütenden Blick zu. Doch David sah in diesem Moment gar nicht zu mir. Sondern auf irgendetwas hinter meinem Rücken. Etwas, was ihn erschrocken zusammenfahren ließ. Er öffnete den Mund, als ob er etwas sagen wollte, runzelte dann aber nur die Stirn, drehte sich abrupt um und stieg noch vor mir ein.

Was hatte er da gerade entdeckt? Ich verrenkte meinen Hals, aber da war nichts mehr zu sehen, nur eine Oma mit Ziehkoffer und eine Mutter mit kleinem Kind. Seltsam. Ich folgte ihm in den Zug.

Alex rekelte sich bereits in einem Vierersitz und schoss gerade mit seinem Handy ein Foto von Melanie.

»Das wird voll der Gehirntod, der Urlaub«, sagte er mit leuchtenden Augen. Er öffnete zischend ein Bier und nahm einen großen Schluck.

»Auch eins?«, fragte er in Richtung David. Der schüttelte den Kopf. Sein Handy kündigte ununterbrochen mit einem albernen Jingle neue Chat-Nachrichten an. Er las sie und klappte das Telefon entnervt zu.

Melanie zwinkerte mir zu. »Wir machen Urlaub auf 'ner Jacht! Und Nicole Wiener fährt mit 12-Jährigen ins Pferdecamp!«

Nicole Wiener war unsere gemeinsame Feindin aus der Parallelklasse.

Ich grinste zurück. »Und singt Lagerfeuerlieder.« Melanie tat, als ob sie Mundharmonika spielte. Ich tat, als ob ich Luftgitarre spielte. Wir prusteten los. Ich fühlte einen kleinen Stich in meiner Brust.

Eigentlich wäre es doch viel schöner gewesen, wenn nur wir zwei zusammen weggefahren wären. Vielleicht auch ohne Tobi. Stattdessen ... Alex rülpste leise.

»Geile Chicks, geile Jacht, geiler Sommer«, sagte er und zog Melanie an sich ran. Der Moment war vorbei.

»Ist nur ein Hausboot«, sagte ich.

»Egal. Wird voll der Gehirntod.«

Ich starrte angestrengt aus dem Fenster, wo die letzten Häuserreihen von Berlin sich verabschiedeten. So musste ich wenigstens nicht Alex ansehen, der mir gegenübersaß. Ihn hören musste ich leider doch.

Wenn mich nicht alles täuschte, war der Gehirntod schon längst eingetreten.

Nach zweimal Umsteigen waren wir endlich da. Mit einem letzten Ächzen fuhr der Zug in Lübbenau ein und blieb dann kraftlos in der nachmittäglichen Schwüle auf den Gleisen stehen. Alex kickte seine Bierdosen unter den Sitz und schraubte sich hoch.

»Mann, ist das eine Hitze«, sagte er, als wir draußen standen. Hier war es irgendwie diesiger und drückender als in Berlin.

»Bald sind wir am kühlen Wasser«, versprach Melanie. Sie sah sich suchend um. »Und was jetzt?«, fragte sie mich.

Ich zerrte die Wegbeschreibung von Tante Lena heraus. »Wir müssen zum Lausensee. Da liegt das Boot. Sind drei Kilometer auf dem Wanderweg entlang.«

»Und wo ist der Wanderweg?«, fragte David. Sein Handy vibrierte und summte hektisch in den Tiefen seiner Tasche.

Ich hatte keine Ahnung. »Wir könnten ja mal fragen«, sagte ich und zeigte auf einen bärtigen Mann, der vor dem Bahnhof auf und ab schritt. Melanie nickte und wollte gerade auf den Mann zugehen, als Alex sie festhielt.

»Quatsch. Das finden wir auch so. Hier scheint es sowieso nur eine Straße zu geben.« Er sah sich um.

»Na bitte, da ist ein Schild – zum großen Hafen.«

Wieder lief er einfach los. Als wären wir sein Fußvolk, das ihm schon brav hinterherlatschen würde. Und schließlich machten wir das ja auch! In der Hitze stehen bleiben wollte keiner. Ich warf einen letzten Blick auf den Bahnhof in der Hoffnung, irgendwo vielleicht doch noch einen Wegweiser zu sehen.

Aus den Augenwinkeln nahm ich etwas Schwarz-Rotes wahr, das rasch hinter einer Mauer verschwand. Es kam mir vage bekannt vor. Aber wen sollte ich hier kennen, wenn ich noch nie in meinem Leben hier gewesen war? Ich stand da und guckte und überlegte, bis Melanies Stimme mich aus meinen Gedanken riss. »Kommst du, Clara?«

»Na los«, rief auch David. »Soll ich dir tragen helfen? Dann kommen wir schneller voran.« Er schien es auf einmal eilig zu haben. Dankbar überließ ich ihm den Rucksack. Eigentlich war er ganz okay, wenn auch natürlich nicht so süß wie Tobi. Irgendwie interessant. Auf jeden Fall nicht so ein Proll wie Alex.

Ich folgte ihnen.

Die Stadt war klein und voller Touristen. Mein T-Shirt klebte mittlerweile wie ein nasser Lappen an meinem Rücken. Den anderen schien es ähnlich zu gehen, denn als wir an einem Springbrunnen vorbeikamen, blieb Alex stehen.

»Wasser!«, schrie er und stürzte darauf zu. Er spritzte Melanie voll, die spritzte mich voll und ich David, und ehe wir's uns versahen, war eine Wasserschlacht im Gange. Ein paar Eis essende Rentner mit beigen Sonnenhüten schüttelten die Köpfe.

»Guck mal, das Vieh hier.« David zeigte auf eine der Metallfiguren am Brunnen, aus deren aufgerissenem Mund ein Schwall Wasser herausschoss.

»Iiih, ist der hässlich«, sagte Melanie. Ihre dunklen Locken waren klitschnass. »Und der erst!« Sie deutete auf einen garstigen kleinen Gnom, der in das Bein einer badenden Blechnymphe biss.

»Sollen alles irgendwelche Sagenfiguren aus dem Spreewald darstellen.« Ich beugte mich vor, um das Schild am Springbrunnen zu lesen. »Wassermann, Schlangenkönig, Elfen und ...« Weiter kam ich nicht.

Eiskaltes Wasser floss mir von hinten ins T-Shirt hinein. Ich fuhr herum. »Mann!«

Es war Alex, wer sonst.

»Das war der Schlangenkönig«, schrie er. Er lachte wie blöd. Melanie und David lachten mit.

Ich schüttelte mich wie ein nasser Hund. So lustig war das nun auch wieder nicht. Und dann sah ich sie.

Die schicke schwarze Tasche mit den roten Monstern aus Berlin. Hatte ich die eben am Bahnhof erkannt?

Was für ein Zufall! Diesmal sah ich auch, wem sie gehörte. Einem Mädchen in Jeansshorts und mit blonden Dreadlocks. Sie sah genau zu mir, schien aber durch mich hindurchzublicken, das Gesicht bleich trotz der Sommerbräune. Sie verzog den Mund zu einem Lächeln. Es war mehr eine Grimasse.

Dann sah sie mich plötzlich an. Zeigte mir den Mittelfinger. Ich schnappte nach Luft, doch in dem Moment war sie schon im Straßengetümmel untergetaucht.

»Was zum ... Hast du die eben gesehen?« Ich drehte mich nach Melanie und Alex um, aber die spritzten immer noch herum wie ein verrücktgewordener Löschtrupp. David stand hinter mir. Er starrte in die Richtung, in die das Mädchen verschwunden war.

»Diese ... die war schon in Berlin auf dem Bahnhof, die mit der schwarzen Tasche!« Ich zeigte aufgeregt in die Menge.

»Weiß nicht, was du meinst.« Seine Augen verengten sich zu schmalen Schlitzen. Wie ein lauerndes Raubtier.

Er hatte also nichts gesehen? Das konnte er den Wassermännern erzählen.

3.

»Zum Lausensee könnt ihr nicht wandern.« Der Mann auf dem Ausflugskahn kratzte sich am Kopf. Er trug eine fabrikneue Kapitänsmütze, die irgendwie lächerlich wirkte. Schließlich fuhr er nur Touristen mit seinem Stocherkahn bei einer Geschwindigkeit von 2 km/h herum.

»Wie meinen Sie das jetzt?«, fragte Melanie. Wir standen am Hafen und hatten uns nach ewigem Herumlaufen doch entschlossen, einen Einheimischen zu fragen.

»Da kommt man im Moment nicht zu Fuß hin. Die Brücke ist gesperrt. Da könnt ihr nur hin paddeln.«

»Aber ich dachte, da wäre auch eine Straße«, sagte ich verwirrt. Tante Lena hatte so etwas erzählt.

»Da war mal eine Straße«, korrigierte mich der Mann. »Aber da ist jetzt Naturschutzgebiet. Die sind ja früher da durchgefahren, die Deppen. Damit ist jetzt Schluss. Gott sei Dank.«

»Aber wie kommt man dann zu diesem See?«, fragte Alex.

Der Mann sah ihn nachsichtig an. »Na, mit dem Boot, junger Mann! Sie sind hier im Spreewald. Selber paddeln macht fit! Oder Sie fahren mit dem Kahn.«

»Mit Ihrem Kahn?« Ich betrachtete die Bänke im Kahn, auf denen schon ein paar Omas saßen und darauf warteten, dass es losging. Es gab sogar Deckchen auf den Tischen.

»Nee, da fahr ich nicht hin«, sagte der Mann. »Ich mach nur die kleine Runde. Mit Kaffee und Kuchen, neun Euro pro Nase. Könnt ihr auch machen.«

Melanie wieherte los angesichts der Vorstellung, mit den Leuten im Boot eine Kaffeefahrt zu machen. Der Mann sah leicht beleidigt aus.

»Dann müsst ihr eben den Wasserbus nehmen«, sagte er. Damit war das Gespräch offenbar beendet, denn er wandte sich einem Trupp unternehmungslustiger Frauen zu, die unter großem Gekreisch seinen wankenden Kahn bestiegen.

»Na toll«, maulte Alex. »Und nun?« Er setzte sich auf Melanies Rucksack.

»Dann nehmen wir halt diesen Wasserbus. Kann doch nicht so schwer sein.« David sah sich um. »Ich guck mal, wo der abfährt.« Er marschierte los und sprach kurz mit einer Eisverkäuferin. Sie zeigte mit dem Arm in Richtung Campingplatz.

»Wieso fahren wir eigentlich nicht gleich mit der Jacht?« Alex zog seine Zigaretten heraus. »Die hätte doch hier in dem Hafen schon bereitstehen können!«

»Weil es keine Jacht ist«, erklärte ich zum gefühlten hundertsten Mal. »Es ist nur ein Hausboot. Und es fährt auch nicht mehr.«

»Ein Boot, das nicht fährt? Willst du mich verarschen?«

»Sie hat's dir doch vorhin schon gesagt, du hast ihr nur nicht zugehört«, verteidigte mich Melanie.

»Das ist nur so … wie ein … nun sag schon, Clara.«

»Es ist wie ein schwimmendes Häuschen«, zitierte ich Tante Lena. »So eine Art Ferienhaus, aber auf dem See. Hat mein Onkel vor ein paar Jahren billig gekauft.«

»Billig?« Alex verdrehte die Augen. »Wird 'ne schöne Bruchbude sein, wenn das Ding nicht mal mehr fahren kann.«

Ich hatte keine Ahnung, wie Tante Lenas Hausboot innen drin aussah, aber langsam ging mir Alex auf die Nerven. Was glaubte der denn, wo wir hier waren? Auf einer Kreuzfahrt im Mittelmeer? Was fand Melanie eigentlich an diesem Affen?

»Das wird schon cool, wart's doch erst mal ab«, besänftigte sie ihn. Er schwieg und schlug sich nur ärgerlich auf den Arm. Offenbar fanden die Mücken hier ihn nicht halb so ekelhaft wie ich. Ich schielte kurz auf mein Handy. Noch kein Lebenszeichen von Tobi.

Melanie und ich setzten uns ein Stück weit von Alex weg und ließen die Beine ins Wasser hängen.

Grünliche Schlingpflanzen waberten unter der Oberfläche herum. Es sah wenig einladend aus. So dunkel und trübe. Es war garantiert nicht sehr tief, aber man konnte keinen halben Meter weit hinunterblicken.

»Was da wohl alles drin ist?«, fragte ich.

»Wassermänner und Elfen!« Melanie grinste.

»Und der Schlangenkönig sitzt da drüben!« Ich sah zu Alex. Er zündete sich gerade eine Zigarette an. Missmutig blies er den Rauch in Richtung einer Ente, die an ihm vorbeischwamm.

»Lass ihn, der ist halt so ein kleiner Brummbär.« Melanie lächelte schief. »Der meint das nicht so.«

Brummbär! »Was arbeitet Alex denn eigentlich jetzt?«, fragte ich. Alex war älter als wir, Melanie hatte ihn in ihrem Fitnessstudio kennengelernt.

Sie zuckte mit den Schultern. »Das weiß er noch nicht so richtig. Er sucht noch.«

»Apropos suchen. Wo bleibt eigentlich David?«

»Da kommt er!«

David winkte uns von Weitem zu. Schnell, schnell, sollte das wohl heißen. »Da hinten fährt das Ding ab«, rief er. »Der nächste erst wieder in zwei Stunden!« Wir sprangen auf und stürmten hinter ihm her zu einem Kahn, ähnlich wie dem eben, nur ohne Tische. Zwei alte Frauen mit Körben saßen darin und ein Zeitung lesender Mann.

»Zum Lausensee wollt ihr?«, fragte der Fahrer. Statt einer Kapitänsmütze hatte dieser hier ein blaues Tuch um den Hals geschlungen, offenbar um einen Hauch von Venedig in den Spreewald zu bringen.

»Da kann ich aber nicht direkt hin. Müsst ihr noch ein Stück laufen.«

»Kein Problem.« Ich ließ mich auf die Holzbank fallen.

Melanie stellte sich absichtlich ungeschickt beim Einsteigen an, damit sie sich an Alex festklammern konnte. Er kniff ihr in den Po, woraufhin sie noch mehr strauchelte.

»Nun macht mal«, schimpfte David. Er sah sich rasch um, bevor er einstieg. Suchte er die komische Blonde? Oder wollte er sichergehen, dass er sie nicht sah?

»Wo wollt ihr denn da am See hin?«, fragte uns der Fahrer, als wir eine Weile später durch das Wasser glitten.

Alex öffnete seinen Mund. »Auf ein Hausboot«, sagte ich schnell.

»Das nicht mehr fährt«, bemerkte Alex.

Der Mann nickte. »Kenn ich, die Urlaubsboote. Die haben sie damals noch über die Straße zum See geschafft. Jetzt kommt man da nur noch mit dem Kahn hin.«

»Echt?«, fragte David.

Der Mann nickte. »Alles nur per Kahn hier, auch die Müllabfuhr und die Post. Motorboote fahren nur im unteren Spreewald, hier darf das nur die Polizei. Es ist nämlich nicht tief genug.«

Wir kamen an eine Kreuzung. Mehrere Wasserwege gingen von hier ab, zum Teil mit Schildern, zum Teil ohne.

»Kannst mich da vorn rauslassen, Rudi«, sagte der Mann mit der Zeitung. Der Kahnführer stieß seinen langen Stab in den Kanal und bog nach links ab. Zwischen knorrigen Bäumen und hinter einer Blumenhecke stand ein kleines Bauernhaus. Der Zeitungsmann sprang geschickt aus dem Boot, tippte an seine Mütze und verschwand durch das Gartentor. Wir fuhren weiter. Gemächlich und langsam, begleitet von einer ganzen Armee Libellen, die um den Kahn herumsurrten.

»Stechen die?«, fragte Melanie und rückte noch näher an Alex heran.

»Sollen sie nur versuchen, die Viecher«, sagte der.

David grinste. »Wieso, willst du die dann alle plattmachen?«

Alex murmelte irgendwas.

»Die stechen nicht«, erklärte der Fahrer. »Das machen nur die Mücken.«

»Ich merk's«, schimpfte Melanie. Sie kratzte sich am Bein.

David sah interessiert nach unten in die dunkle Brühe.

»Kann man hier baden?«, fragte er.

»Können schon.« Der Mann lachte. »Aber ich würde es nicht empfehlen.«

»Wieso nicht?« Ich war ein bisschen enttäuscht. Teil meiner Urlaubsplanung war ausgiebiger Aufenthalt im Wasser gewesen. Obwohl, in diesem undurchsichtigen Kanal …

»Weil da unten auf dem Boden der Schrott von 30 Jahren Tourismus liegt«, sagte der Mann. »Glas, überall. Da durften wir schon als Kinder nur mit Schuhen baden.«

»Ach«, sagte Melanie.

Der Mann zuckte bedauernd mit den Schultern.

»Kann man nichts machen. Letztes Jahr erst ist ein Junge von der Schleuse dort gesprungen.« Er zeigte nach links. »Voll rein in die Scherben. Hat fast den Fuß verloren. Nur, dass ihr nicht auf dumme Gedanken kommt.«

Er lächelte uns zu, aber seine Augen blieben ernst. Ich sah hinunter in das plätschernde Wasser. Im Sonnenschein sah es richtig romantisch aus und hier, unter den schattigen Bäumen, war es auch nicht mehr so heiß. Die Libellen glitzerten. Wie Wasserelfen, ging es mir durch den Sinn.

Wir luden die Frauen mit den Körben ab und fuhren ziemlich lange weiter. Es war jetzt ganz still, als hätte jemand alle Zivilisationsgeräusche ausgeschaltet. Nur die Insekten surrten und schwirrten. Ich hatte das Gefühl, dass es immer mehr wurden.

»Scheißviecher!«, fluchte Alex ab und zu leise.

Hier wohnte auch niemand mehr, es gab nicht einmal diese komischen großen Heuhaufen, die wie riesige umgekippte Mützen überall auf den Wiesen standen.

Nur Wasser, Schilf und Sumpfeichen. Selbst die Vögel waren nach und nach verstummt.

Schließlich hielt der Mann an einer weiteren Kreuzung an. Hier gabelte sich der Wasserweg in vier verschiedene Richtungen.

»Da wären wir. Da den Weg lang, noch einen Kilometer oder so. Dann kommt ihr zum See.«

»Können Sie nicht bis ganz ran fahren? Der Kanal geht doch noch weiter.« Melanie probierte ihren berühmten Augenaufschlag. Offenbar hatte sie genauso wenig Lust wie ich, noch weiter durch das Insektengewirr und Dickicht zu laufen.

Der Mann lächelte entschuldigend. »Darf ich leider nicht. Da dürft ihr nur mit dem Paddelboot rein oder raus. Hinten vom See geht noch ein Kanalarm relativ schnell in die Stadt. Aber da könnt ihr nicht durchfahren, ist total zugewachsen.« Er stutzte. »Ihr habt doch dort ein Paddelboot, oder?«

»Ja, ich glaube. Meine Tante hat gesagt, da ist eins.« Ich hoffte im Stillen, dass das stimmte.

Der Mann nickte. »Habt ihr auch eine Karte?«

»Eine Karte?« Melanie sah mich fragend an.

»Natürlich, eine Spreewaldkarte. Wie wollt ihr denn sonst euren Weg durch das Kanalsystem finden?«

Wie wir den Weg finden wollten? Bis zu diesem Moment hatte ja keiner von uns gewusst, dass das ein Problem sein könnte.

Der Mann schüttelte den Kopf und griff in ein Fach. »Hier. Nehmt die. Da steht auch eine Telefonnummer drauf, falls ihr euch mal verfahrt.«

»Werden wir schon nicht. Sind doch hier nicht am Amazonas.« Alex klang gelangweilt. Arrogant. Ich schämte mich. Der Mann meinte es doch nur gut.

»Na dann! Schönen Urlaub. Der Wasserbus fährt hier viermal am Tag ab, außer am Wochenende.« Das Gesicht des Mannes verriet nicht, was er dachte.

Ehe wir uns versahen, war er um die Ecke gebogen.

Ich schnappte meinen Rucksack und ging los.

Sollten mir doch die anderen zur Abwechslung mal hinterhertappeln. Ich konnte Melanie hinter mir leise jammern hören. Die Mücken setzten ihr ganz schön zu. Je wilder sie herumfuchtelte, umso mehr schwitzte sie und umso mehr Mücken stürzten sich gierig auf sie. Wir stapften durchs Unterholz wie ein überalterter Pfadfindertrupp, immer an dem schmalen Kanalarm entlang. Plötzlich wurde er wieder breiter. Und dann erschien der See so unvermittelt vor uns, dass ich verblüfft stehen blieb.

David trat mir in die Fersen. »Sorry«, sagte er. Ich konnte hören, wie er überrascht die Luft einzog.

Vor uns breitete sich ein kleiner, fast viereckiger See aus, in den der Kanalarm mündete. In der glühenden Abendsonne schimmerte das Wasser feuerrot und schwarz und auf jeder Uferseite schaukelte sachte je ein Hausboot. Es roch nach Wasser, Sonne und Lagerfeuer.

Raak! Ein schwarzer Vogel fuhr so plötzlich neben uns aus dem Gebüsch hoch, dass Melanie und ich erschrocken stolperten.

Es klickte hinter mir. Alex. Er schoss Fotos von uns mit seinem Handy, wie wir uns aneinander festhielten. Offenbar fand er das ulkig.

David trat neben mich. Er klatschte nach einer Schnake auf seinem Arm und musterte den entstandenen braunen Matschfleck. Sein Gesicht verzog sich kurz zu einem befriedigten Lächeln.

»So schnell bist du tot!«

4.

Ein Summen weckte mich auf. Es kam von einer fetten Fliege, die penetrant um mich herumflog. Sekundenlang wusste ich nicht, wo ich mich befand. Ich richtete mich auf. Meine Haare klebten verschwitzt am Kopf, meinen Schlafsack hatte ich weggestrampelt. Das Boot. Ich war in Tante Lenas Hausboot. Ich schlief auf einer klumpigen alten Couch, mir gegenüber lag David auf dem Boden und schnarchte leise.

Er war nicht mal zugedeckt und trug noch seine Turnschuhe, aber es schien ihn nicht zu stören. Die beiden Jungs hatten gestern noch voller Begeisterung die halbe Flasche Whiskey geleert, die sie im Schrank gefunden hatten und die schon wer weiß wie lange dort stand. Ich blinzelte. Ein Sonnenstrahl drängte sich durch die schrecklichen karierten Vorhänge. Es war neun Uhr und bereits unglaublich warm.

Das Hausboot bestand lediglich aus dem Wohnbereich, in dem ich mich jetzt mit David befand, und einem kleinen Schlafzimmer, das Melanie und Alex sofort mit viel Gekicher in Beschlag genommen hatten. Wenn Tobi noch kam, würde David irgendwo anders schlafen müssen, auch wenn ich selbst nicht wusste, wo. Bei dem, was ich mit Tobi vorhatte, brauchte ich jedenfalls keine Zuschauer.

David konnte vielleicht draußen schlafen? Warm genug war es ja. Hier war jedenfalls kein Platz, da war nur noch ein Chemieklo, das wir spätestens bei der Abreise ausleeren sollten, und eine Duschkabine mit einem Wassertank dahinter. Im Wohnraum gab es einen Tisch, aber nur zwei Stühle, einen Gaskocher mit einer Propangasflasche daneben und eine kleine Spüle. Außerdem noch Geschirr, vertrockneten Ketchup, Skatkarten und eine Vase mit Kunstblumen. In der Ecke stand eine Kiste mit Brettspielen, ein paar Büchern und einem Angelratgeber. Kein Fernseher, kein Kühlschrank. Die Steckdosen gingen auch nicht.

Alex hatte gestern einen Tobsuchtsanfall ersten Grades hingelegt.

»Wie soll ich denn mein iPhone aufladen? Ich habe kaum noch Saft drauf. Was ist das denn für ein mittelalterlicher Scheiß?« Anklagend hatte er mir sein Handy hingehalten.

»Wenn wir zelten würden, hättest du auch keine Steckdosen!« David war ganz ruhig geblieben. »Und wenn dein Akku leer ist, kann dich halt keiner mehr erreichen, ist doch auch mal schön.« Es kam mir fast so vor, als ob David sich darüber freute.

Bei dieser Nachricht war Alex vor Wut bald geplatzt und hatte sich nur durch Melanie ablenken lassen, die ihren Bikini anzog und verkündete, dass sie jetzt schwimmen gehen würde.

Trotz der Scherben. Der See war schließlich viel tiefer als der Kanal, und so wie es aussah, waren hier sowieso seit Ewigkeiten keine Touristenhorden mehr gewesen, um irgendwelchen Müll in den See zu schmeißen.

Ich zog jetzt den Vorhang zur Seite. Selbst die milchigen Scheiben konnten nicht verbergen, wie wundervoll es draußen aussah. Der schimmernde See. Die Sonnenstrahlen. Die alten Bäume, die so knorpelig verformt waren, dass sie fast menschliche Gestalt hatten. Ich stand auf und ging raus. Draußen war der Steg, von dem aus gestern Melanie ins Wasser gesprungen war. Ein Ruderboot war lose mit einem Seil an einem Pflock festgebunden. Sonderlich vertrauenerweckend sah es nicht gerade aus, außerdem bot es nur Platz für zwei Leute. Wir würden uns irgendwie ein zweites organisieren müssen.

Ich setzte mich hin und atmete die frische Luft ein.

Das Hausboot, das uns am nächsten war, befand sich auf der rechten Seite des Sees, nachdem er einen Knick gemacht hatte. Es war gar nicht so weit weg, vielleicht 50 Meter, und war mindestens doppelt so groß wie unseres. Es sah schon von außen tausendmal besser aus als das von Tante Lena. Ich roch frisch gebrühten Kaffee. Da war offenbar jemand drin. Um den halben See herum war das nächste Hausboot auf dem Wasser – es war weiß und mit Blumenkästen behängt, wie ein englisches Cottage.

Dort war also auch Leben. Ein Stück weiter weg, uns gegenüber, befand sich das letzte Hausboot – aus dunkelrotem Holz, mindestens schon so alt wie das von Tante Lena. Es sah unbewohnt aus. Doch daneben bewegte sich etwas. Einen Moment lang erschien ein helles Gesicht neben einem Busch, dann war es wieder weg. Waren das blonde Dreadlocks?

Oder litt ich schon an Halluzinationen?

»He!« David trat aus der Tür. Er trug nichts als ein Paar Boardshorts.

»Morgen«, sagte ich.

Er streckte sich, gähnte – und sprang plötzlich ins Wasser.

Der Aufprall klang unglaublich laut in der morgendlichen Stille. Prustend tauchte David auf und schüttelte Wasserperlen von sich.

»Machst du mal Kaffee?« Er grinste.

»Cappuccino oder Latte macchiato?« Ich grinste zurück.

Es gab weder zu essen noch zu trinken in unserer Bude, denn wir hatten gestern Abend alles Mitgebrachte in uns reingeschlungen. Es gab ja nicht mal ein zweites Ruderboot.

»Dann holt ihr was zu futtern«, befahl Alex. »Melanie und ich haben hier noch was zu tun.« Er rekelte sich auf dem Steg und patschte mit der flachen Hand auf den Boden neben sich. Komm her, Schatzi, hieß das wohl.

Aber da kannte er Melanie schlecht. »Ich bleib nicht hier. Ich sterbe gleich vor Hunger. Ich will Mineralwasser und Brötchen kaufen und ich brauche Zigaretten. Und Eisessen gehen will ich auch. Und du willst dein Handy aufladen, oder nicht?«

Das wirkte. Alex zog sich in Windeseile an und kurz darauf paddelten David und ich in dem kleinen Boot los, während Melanie und Alex sich den Weg von gestern Abend entlangkämpften, um den Wasserbus zu nehmen.

»Bis später, wir holen uns dann auch ein Paddelboot«, rief Melanie. Sie klang leicht genervt. Und ich war erst mal froh, dass David mitgekommen war, denn von Tobi hatte ich immer noch nichts gehört.

Der hüllte sich in vornehmes Schweigen, obwohl ich ihm noch drei Nachrichten im Chat geschickt hatte. Was sollte das?

Konnte er mir nicht wenigstens antworten?

»Ich bin so froh, dass du mit dabei bist«, platzte ich heraus. »Ich hatte ja keine Ahnung, wie einsam das an dem See hier ist.«

»Wieso? Sind doch noch andere Leute dort.«

»Ja, klar. Aber ich meine – so mit nur einem Paddelboot und den ganzen Schlafverhältnissen ...« Ich brach ab. Die Wände im Hausboot waren ziemlich dünn.

Er verzog keine Miene. »Guck mal, ein Frosch«, sagte er.

Der Frosch hatte erstaunte Glupschaugen und sprang bei meinem Anblick weg. Wir glitten weiter.

David war ein geschickter Paddler, der meine wüsten Fuchteleien mit schlafwandlerischer Sicherheit ausglich. Er sagte nicht mal was dazu. Wie er überhaupt ziemlich schweigsam war.

»Gehst du noch zur Schule?«

»Nee.«

»Was machst du denn dann?«

»Hab 'ne Lehre abgebrochen.«

»Und was war das?«

»Koch.«

»Du hast Koch gelernt? Echt? Macht das nicht Spaß?«

»Nee.«

Und so weiter. Ich gab es bald auf. Außerdem waren wir mittlerweile endlich wieder in Lübbenau, wo wir auf Alex und Melanie warteten und dann gemeinsam in ein Café gingen. Die beiden waren nicht gut drauf. Alex war hungrig und reizbar wie ein Monarch und Melanie kratzte dauernd an ihren Armen und Beinen herum. Sie hatte überall rote, aufgeriebene Mückenstiche.

»Hör doch mal auf mit dem Gekratze!«, schnauzte Alex. »Du benimmst dich ja wie eine Leprakranke!«

»Ach ja? Dann kann ich ja gehen.« Sie stand beleidigt auf.

»Ist doch gut, Mellie, setz dich«, versuchte ich zu vermitteln. »Wir holen dir was aus der Apotheke.«

Davids Handy spuckte jetzt wieder jingelnde WhatApp-Nachrichten aus.

»Wieso ist dein Akku noch so voll?«, fragte Alex neidisch. Dann sprang er auf und verschwand im Inneren des Cafés, wo er eine der ältlichen Kellnerinnen ansprach und ihr das Kabel seines Handys hinhielt.

»Er sucht eine Steckdose«, erklärte Melanie.

»Sorry.« David stand ruckartig auf und ging ohne Erklärung weg.

Wir saßen völlig verdattert am Tisch.

»Aber bezahlen dürfen wir für euch, oder was?«, rief Melanie ihm hinterher. Sie kratzte so wütend an ihrem Handgelenk, dass Blut herauskam.

»Wollen wir die nicht wegschicken?«, versuchte ich einen lahmen Scherz.

»Zu spät.« Melanie guckte grimmig. »Alex kann manchmal ein ganz schönes Arschloch sein.«

»Du hast den doch gar nicht nötig.« Ich betrachtete Melanie unauffällig. Ihre wilden Locken, das muntere Gesicht mit der kleinen Stupsnase. Das blauweiß gestreifte kurze Top. Ich hatte mir das gleiche gekauft, aber wir wollten schließlich nicht wie Idioten im Partnerlook herumlaufen und so hatte ich mir heute meine Röhrenjeans und mein schwarzes, schulterfreies Top angezogen. Mittlerweile bereute ich die Jeans, ich schwitzte mich bald tot. Melanie hingegen wirkte immer noch frisch, mal abgesehen von den Mückenstichen. Wo sie auftauchte, drehten sich die Männer nach ihr um.

Alex warf ihr gerade durch die Scheiben des Cafés eine Kusshand zu. Sofort löste sich ihr Unmut in Nichts auf.

»Na ja.« Sie grinste. »Er hat schon auch seine guten Seiten.«

Die wollte ich lieber gar nicht erst hören.

»Und du? Wie findest du David? Der ist doch ziemlich süß, oder?«

Ich zuckte mit den Schultern. »Ja. Aber bisschen unnahbar.« Und er ist nicht Tobi, fügte ich in Gedanken hinzu, obwohl ich langsam anfing, mich über den zu ärgern. Kam er nun noch oder nicht – was war denn so schwer daran, mir das mitzuteilen?

Mein Blick blieb an etwas hängen. Da vorn, bei der Fischbude, das war doch ...?

»Ach, der mag dich bestimmt, meinst du nicht?«

Melanie ließ nicht locker. »Du hast doch eine Topfigur und bist nicht so fett wie ich, und wenn ich deine langen dunklen Schneewittchenhaare hätte ...«

»Du bist nicht fett. Du bist sexy. Und wahrscheinlich bin ich ihm nicht blond genug«, antwortete ich mechanisch. Ich konnte nicht glauben, was ich da sah. Blondie mit den Jeansshorts und den Filzhaaren. Mit David. Sie legte gerade ihre Hand auf seine Schulter. Wollte sie ihn umarmen? Wo kam die schon wieder her? Heute trug sie ein weißes Spitzenhemdchen und mindestens ein Pfund Ketten um den Hals.

Die beiden redeten, die Köpfe eng aneinander.

Dann trat er plötzlich einen Schritt zurück. Drehte sich um und lief weg.

Er kam direkt auf uns zu. Ich rührte hastig in meinem Kaffee. Hatte er gesehen, wie ich ihn beobachtet hatte?

»Gebongt!« Alex erschien wieder auf der Bildfläche. »Das alte Chick da drin lässt mich hinten in der Küche mein Handy aufladen. Ich kann es in zwei Stunden wieder abholen.« Er rieb sich die Hände.

»Wer hat Lust auf eine voll geile Tour?«

Alex konnte sein Handy nach zwei Stunden nicht abholen, weil die voll geile Tour uns mittlerweile ins Nirwana des Spreewaldes verschlagen hatte.

»Scheiße«, schimpfte er. »Wie kommen wir jetzt zurück in das blöde Kaff?«

»Da vorn war ein Schild. Du hast ja nicht auf mich gehört!« Melanie ließ die Beine ins Wasser hängen.

Das kleine Paddelboot schwankte beängstigend.

»Pass auf! Und das bekloppte Schild war auf Polnisch.«

»Sorbisch. Die sprechen hier Sorbisch!«

Die beiden hatten schräg vor uns angehalten, Alex hielt sich an einer Wurzel fest. Wir waren schon wieder an einer namenlosen Kreuzung angekommen.

Vor einer Stunde hatten wir festgestellt, dass keiner von uns daran gedacht hatte, die Spreewaldkarte mitzunehmen.

Nach und nach waren uns immer weniger Leute begegnet, zuletzt ein älteres Paar mit einem glatzköpfigen

Mann am Steuer, der gerade bei dem Versuch, das Boot umzudrehen, seiner Partnerin das Paddel ans Ohr geschmettert hatte. Die wollten wir nicht fragen, denn sie fingen sofort an, sich zu streiten.

»Der Kanal wird immer enger«, bemerkte David.

Überflüssigerweise. Das sahen wir selbst. Einmal waren wir zwischendurch an Land geklettert, hatten aber nur ein Feld hinter dem Waldrand erspähen können. Das ohnehin schon trübe Gewässer war hier noch mit grünen Schlieren bedeckt. Es roch

modrig und sumpfig, und obwohl die Sonne nur noch vereinzelt durch das Dickicht brach, war es unerträglich schwül. Unzählige spinnenartige Tiere rasten auf ihren langen Beinen über das Wasser.

Melanie blickte sie voller Horror an. Sie sah mittlerweile aus, als hätte sie Windpocken.

»Wir fahren wieder zurück«, entschied ich. »Hier kommen wir nicht weiter.«

»Blödsinn«, sagte Alex sofort. Einfach so. Weil er sich ja von einem »Chick« nichts sagen lassen konnte.

»Was ist denn das?« Neugierig beugte sich David vor und sah in den Kanal. Er stieß mit seinem Paddel nach etwas Dunklem, das unterhalb der grünen Grütze herumschwamm. Eine Wolke kleiner Fliegen surrte geradezu besessen darüber herum.

»Lass es«, sagte ich schnell.

»Hat da jemand Angst vorm Wassermann?« Er sah mich spöttisch an.

»Nein. Aber ich will kein halb verwestes Irgendwas sehen.«

»Ist alles nur Natur.« David schien testen zu wollen, wie weit er gehen konnte. Er hielt das Paddel wie einen

Speer in einer Hand und zog sich mit der anderen an einem Stück Schilf näher ans Ufer.

»Hör auf!« Melanie stellte sich im Boot auf, ohne auf Alex' Gemecker zu achten. »Wir fahren jetzt zurück. Wir finden das schon. Alex und ich fahren nach rechts, ihr fahrt nach links. Wer zuerst da ist, guckt auf diese idiotische Karte, ruft die anderen mit dem Handy an und leitet sie zurück!«

»Alex hat keins«, erinnerte David sie. »Das ist noch im Café.«

»Dann nehme ich meins. Mein Akku ist noch nicht runter.« Melanie sah ihn herausfordernd an.

»Super Idee, Mellie«, sagte ich sofort.

»Okay.« David hatte das Interesse an dem schwarzen Ding verloren. Er gab dem Boot einen Schubs und wir fuhren den linken Weg entlang. Schweigend.

Bis ich es nicht mehr aushielt.

»Sag mal, wer war eigentlich das blonde Mädchen, mit dem du heute geredet hast? Die mit der schwarzen Tasche. Du weißt schon.«

»Was weiß ich?« Er saß vor mir, ich sah nur seinen Rücken. Der sich unmerklich versteifte.

»Die Blonde mit den Rastalocken. Ich habe euch heute gesehen. Die mich neulich so blöd angemacht hat.«

»Du träumst. Oder du hast mich verwechselt.«

»Ach, hab ich das?«

Den Rest des Rückweges redeten wir kein Wort mehr miteinander. Nur noch mit den zwei durchtrainierten Typen, die uns irgendwann mit verbissenen Gesichtern überholten. Sie wiesen uns in die richtige Richtung.

Gegen Abend kamen wir endlich beim Hausboot an. Meine Arme waren wie Gummi und ich hatte Blasen an den Händen. David nahm sich gleich erst mal ein Bier und setzte sich rein zu Alex.

Der war schon viel eher mit Melanie zurück gewesen. Sie hatten eingekauft und sogar noch das Handy abgeholt, auf dem Alex im Moment ein Wrestling-Video auf YouTube guckte.

Ich kniete auf dem Steg und hielt meine schmerzenden Hände ins Wasser. Neben dem alten, roten Hausboot am anderen Ufer direkt gegenüber stand jetzt ein Zelt. Dünne Rauchschwaden stiegen daneben auf. Da war in der Zwischenzeit offenbar auch jemand angekommen.

Ich strengte mich an, aber ich konnte dort niemanden weiter entdecken.

Dafür hörte ich, wie ganz in der Nähe Zweige knackten, als ob jemand darüberlief. Ein Vogel flog hoch. Von irgendwo hinter mir, aus dem Gestrüpp.

Dann war es plötzlich still.

Fröstelnd wickelte ich die Arme um meine Schultern. Mit einem Mal war mir kalt.

Ich war mir ziemlich sicher, dass ich nicht allein hier draußen war. Doch warum zeigte sich die Person nicht?

5.

Am nächsten Tag sah ich endlich jemanden. An dem Zelt am Ufer gegenüber stand ein Junge und sah zu mir herüber. Er hob die Hand zum Gruß. Ich winkte kurz zurück. Trotzdem starrte er einfach weiter, bis es mir zu dumm wurde und ich ins Haus ging. Dort sah es aus, als hätte es Klamotten geregnet. Ich stieg über Alex und David, die auf dem Boden lagen und auf dem Handy von Alex herumdrückten. Der Akku war schon wieder fast alle.

»Wo warst du eigentlich gestern Abend?«, fragte ich David. Er ignorierte mich. Na klar. Nicht, dass ich ernsthaft eine Antwort erwartet hätte. Aber schließlich war ich gestern Abend todmüde von der ganzen Paddelei und stinksauer, weil Tobi sich immer noch nicht gemeldet hatte, um 21 Uhr ins Bett gegangen, um nur zwei Stunden später wieder aus dem Tiefschlaf aufgeweckt zu werden. Von David, der hereingetrampelt kam und sich nicht die geringste Mühe gemacht hatte, leise zu sein. Außerdem brachte er einen ganz komischen Geruch mit. So schlammig. Als hätte er sich im Morast gewälzt.

»Mellie?«

»Hm?«

Sie lag in ihrem Bikini auf dem ungemachten Bett und hörte Musik über ihre AirPods. In dem Schlafzimmer war es noch stickiger als im restlichen Hausboot. Wie hielten die beiden das aus?

»Wir wollten doch in die Stadt, shoppen.« Nicht, dass ich viel Geld ausgeben konnte, aber Schaufenster anzugucken war immer noch besser, als dauernd hier am See abzuhängen. Jetzt, wo immer offensichtlicher wurde, dass Tobi eher auf dem Mond landen als mir in den Urlaub folgen würde, ging mir die Ruhe hier auf die Nerven.

»Oh, klar, hab ich total vergessen!« Sie sprang auf und schnappte sich ein T-Shirt. An ihrem Oberarm prangte ein roter Fleck, viel größer als ihre Mückenstiche.

»Was hast du denn da am Arm?«

»Nichts.« Sie drehte sich um und warf das T-Shirt weg. Stattdessen nahm sie ein langärmliges Teil.

»Mellie?«

»Nichts! Lass uns gehen.«

Was war denn los? Ich folgte ihr nach draußen, wo wir wieder über die beiden Jungs stiegen, die wie Müllsäcke auf dem Boden lagen, die Augen auf den winzigen Bildschirm gerichtet.

»Wir gehen dann.« Mellie stupste Alex mit der Zehe an.

Lass den doch, signalisierte ich ihr mit den Augen.

Die beiden konnten von mir aus hier verblöden. Ich wollte viel lieber mit Melanie alleine in die Stadt fahren. Mich mal wieder richtig ausquatschen. Und sie zum Beispiel fragen, was das für ein Fleck war.

Aber zu spät. Alex schob sich ächzend hoch. Er hatte sich seit unserer Ankunft nicht mehr rasiert.

Schwarze Stoppeln wucherten auf seinem Kinn. Ich hätte nicht gedacht, dass es möglich gewesen wäre, Alex noch weniger zu mögen, als ich es ohnehin schon tat, doch als er Melanie an genau der Stelle am Arm packte, wo der rote Fleck war, ging mir auf einmal ein Licht auf.

»Komm, Mellie«, sagte ich. »Diesmal fahren wir zusammen in einem Boot.«

Später hingen wir wieder in Lübbenau rum, diesmal am kleinen Hafen. Wir warteten, wie schon am Tag zuvor, darauf, dass Alex' neue Freundin ihm das Handy auflud. Eigentlich war mein eigenes Smartphone auch kurz vorm Absterben, aber irgendwie wollte ich mich nicht so wie Alex aufspielen. So notgeil nach Strom und Internet. Und am allerwenigsten wollte ich ihn bitten, bei dem »alten Chick« auch für mich ein gutes Wort einzulegen. Lieber blieb ich für den Rest der Woche ohne Handy. Tobi meldete sich ja doch nicht. Und ich hatte auch meinen Stolz, ich würde ihn nicht weiter nerven. Meinen Eltern hatte ich schon signalisiert, dass alles wunderbar war, Mellie und ich herrliche Tage auf dem tollen Hausboot verbrachten und tonnenweise Spreewälder Gurken aßen.

Eine Schwanenfamilie kam angeschwommen, was die Gäste des Cafés in Entzücken versetzte. Als ich mich vorbeugte, zischte der Schwanenvater mich so böse an, dass ich erschrocken zurückfuhr. Offenbar wollte er nicht, dass Menschen sich seinen Kleinen zu sehr näherten. Warum er sich aber nicht an dem Schwimmer genau neben ihm störte, das verstand ich nicht.

Ich lehnte mich zurück, nippte an meiner Cola und beobachtete David, der gerade die Augen zusammenkniff, an seiner Zigarette zog und den Rauch ausblies. Er schien tief in Gedanken versunken zu sein und so blickte ich wieder aufs Wasser.

Irgendwas Seltsames hatte ich eben gedacht, doch es war mir wieder entglitten. Was war es nur? Es hatte was mit dem Wasser zu tun. Ich blinzelte. Das Wasser. Die Schwäne ... Der Schwimmer. Wieso schwamm hier jemand? Das war doch nahezu verboten, wegen all der Scherben? Und überhaupt ...

In dieser dunklen Brühe? Ich stand auf. Wer war so bescheuert?

Die Schwäne waren immer noch da, ein Schwan drehte ruckartig den Kopf herum, als ich mich näherte.

»Ist ja gut«, sagte ich leise. »Ich tu euch doch nichts.«

Wo war der Schwimmer jetzt? Merkwürdig. Ich setzte mich auf die Holzplanken und ließ meine Füße ins Wasser baumeln. Brühe hin oder her – es war auf jeden Fall schön kühl.

»Willst du noch was trinken?«, rief Mellie mir zu.

»Ich ...« Und dann sah ich es wieder. Tauchte da einer? Sogar in Klamotten? Ich konnte einen Turnschuh sehen. Was hatte der Kahnfahrer erzählt? Jugendliche schwammen hier immer wieder, obwohl es eigentlich gefährlich war? Ich beugte mich vor. Wo war der Typ? Plötzlich sah ich eine Hand. Sie sah so komisch aus. So weiß und so durchsichtig. Die Wassermänner, fiel es mir ein. Die Elfen ... Die irrigsten Gedanken schossen mir durch den Kopf. Wie ein Film, der rasend schnell vorwärts spulte.

Bis zum nächsten Bild. Unter der Wasseroberfläche, fast auf dem dunklen, schlammigen Grund des Kanals: weißgrauer Stoff. Rosa Turnschuhe. Jeansshorts. Glitschige, zerfaserte Haare, in Dreadlocks zusammengezwirbelt. Weiße Haut an den Beinen, kaum noch menschlich. Seltsam aufgedunsen. Ein Pfund Ketten um den Hals, das Gesicht nach unten im Wasser. Eine rosa Blüte, die wie trunken im Haar hin und her schwang.

»Mellie«, krächzte ich.

Niemand hörte mich. Die Restaurantmusik spielte einen Schlager. Jemand lachte und Alex rief »Geil!«.

Es klang meilenweit weg.

»Mellie«, sagte ich erneut, diesmal lauter. Ich nahm eine Bewegung am Tisch wahr. Melanie drehte sich nach mir um.

»Mellie!«, schrie ich hysterisch. »Komm her!«

Stühle scharrten.

»Was ist denn?«

»Was brüllst du denn so?«

»Voll der Gehirntod, wie die rumschreit, echt!«

»Fuck!«

»Oh Gott!«

Ich hob den Kopf. Da waren Mellie, Alex, die Kellnerin, die ein Tablett fallen ließ, ein Rentnerehepaar, das sich aneinander festhielt, der fauchende Schwan, Menschen, die angerannt kamen, Menschen, die sich die Hände vors Gesicht hielten.

Und da war Davids Gesicht. Erschrocken, das schon.

Aber auch einen winzigen Moment lang triumphierend.

6.

Die kleine Terrasse des Cafés war im Nu voller Menschen. Während ich entsetzt vom Kanal wegtaumelte, konnten andere Leute offenbar gar nicht genug bekommen. Sie drängten und schoben, um einen guten Blick auf die Leiche im Wasser zu erhaschen.

Aufgeregtes Murmeln erklang um mich herum und wurde immer lauter. Sensationslüstern. Geschockt.

Fasziniert. Nicht anfassen ... das arme Ding ... wie furchtbar... wie lange ... bestimmt ertrunken ... diese jungen Leute sind aber auch ... Irgendjemand schoss offenbar ein Foto, denn gleich darauf erklangen empörte Rufe. »Hören Sie auf zu fotografieren!«, »Das ist doch pietätlos!«

Eine energische Frauenstimme rief: »Die Polizei ist unterwegs!« Die Menge verstummte einen Moment lang, nur um anschließend die Diskussion lauter und erregter wieder aufflammen zu lassen.

Melanie tätschelte mechanisch meine Hand. Ihr Gesicht war fast so weiß wie die Haut des Mädchens im Wasser. »Oh Mann«, flüsterte sie immer wieder.

»Oh Mann!«

Ich griff zitternd nach irgendeinem Wasserglas von einem der Tische. Alex war genau in meinem Blickfeld. Er biss sich auf die Unterlippe und rieb hektisch die Hände an seiner Jeans.

David sagte leise etwas zu ihm und Alex hörte auf zu reiben. Dann nickte er.

»Das ist das Mädchen von David«, sagte ich zu Melanie, ohne die beiden Jungs aus den Augen zu lassen.

»Was?«

»Das Mädchen, mit dem er gestern geredet hat. Ich hab sie dir doch gezeigt.«

»Gestern? Wann? Wieso David?« Melanie sah mich verwirrt an.

»Gestern, am Café!« Meine Stimme wurde laut und schrill, ich konnte gar nichts dagegen tun. Ein Mann drehte sich um.

David und Alex flüsterten jetzt miteinander.

»Ich habe sie nicht zusammen gesehen. Bist du sicher?«

»Er hat mit ihr geredet. Er kennt sie, ich schwöre es dir! Die ist schon mit uns hier angekommen!«

»Mit uns hier angekommen? Sie hat hier Urlaub gemacht?« Melanie kniff die Augen zusammen. Ratlos. Sie kapierte nicht, worauf ich hinauswollte.

»Was weiß ich, was sie hier gemacht hat. Aber David kennt sie! Und jedes Mal, wenn ich ihn nach ihr gefragt habe, hat er es abgestritten, sie zu kennen!«

»Aber Clara, vielleicht kennt er sie wirklich nicht. Sonst würde er das doch jetzt der Polizei sagen, oder nicht?«

Gerade erschienen einige offiziell aussehende Leute und schoben sich durch die gaffende Menge.

»Vielleicht«, sagte ich lahm. Natürlich kannte David die Blonde! »Aber er hat mit ihr geredet.«

»Vielleicht hat sie ihn nur nach dem Weg gefragt?«

Ich schüttelte trotzig den Kopf. Plötzlich kam mir ein Gedanke. Vielleicht hatte David ja Gründe, warum er abstritt, dass er das Mädchen kannte? Gekannt hatte. Ich schüttelte mich leicht. Den Anblick würde ich mein Leben lang nicht vergessen.

Der verdrehte Fuß im rosa Turnschuh, die Haut darüber so geschwollen, so glasig, die ...

»Zurücktreten, bitte zurücktreten!« In diesem Moment wurden wir mit der Menge auf die Straße hinausgeschoben, wo ein uniformierter Mann gerade eine Absperrung anbrachte. Die Schaulustigen diskutierten jetzt die Todesursache.

»Die war besoffen«, sagte ein Mann neben mir.

»Das sind die immer. Besoffen und dann von der Schleuse springen, das kennt man schon.«

»Erzählen Sie doch nicht so einen Unsinn«, fuhr ihn eine Frau mit Schürze an, die offenbar aus der Küche des Cafés gekommen war. »Vielleicht hat das arme Ding einen Unfall gehabt!«

»Unfall? Im flachen Wasser?« Der Mann lachte verächtlich. »Auf jeden Fall stammt sie bestimmt nicht von hier.«

»Glaub ich auch nicht«, mischte sich eine dritte Frau ein, die neugierig von ihrem Souvenirstand herübergekommen war. »Ich kenne die alle in dem Alter von meiner Tochter. Die hab ich hier noch nie gesehen.«

Wie auch, dachte ich. Das Mädchen war schließlich mit uns aus Berlin gekommen, da war ich mir jetzt ganz sicher. Aber warum? Um mir den Stinkefinger zu zeigen? Vielleicht war sie ja verrückt! »Vielleicht hat sie sich umgebracht«, rutschte es mir heraus, noch bevor ich mich bremsen konnte.

»Im Suff.« Der Mann nickte zustimmend.

»Oder jemand hat nachgeholfen.« Die Frau vom Souvenirstand sah uns vielsagend an.

»Was soll denn das heißen?« Die Küchenfrau aus dem Café riss erschrocken die Augen auf.

»Na, was wohl. Waren doch damals alle dagegen, als die das Gefängnis hierher in die Nähe verlegt haben. Meine Cousine hat dort bis letzten Sommer gearbeitet. Da brechen doch immer mal welche aus.«

»Kostet alles den Steuerzahler, diese Kriminellen«, sagte der Mann.

»Nun machen Sie hier nicht die Pferde scheu!«

Die Frau mit der Schürze winkte ab.

Melanie warf mir einen Blick zu. »Komm«, sie zupfte mich am Ärmel. »Ich will hier nicht bleiben.«

Ich wollte auch nicht bei diesen Leuten stehen bleiben. Immer wieder hatte ich die aufgequollene Haut vor Augen. Stellte mir vor, dass ich es war, die da im Wasser trieb, und dass mich alle hemmungslos anstarrten. Was für ein grauenvoller Gedanke.

Wir setzten uns ein Stück weiter weg auf den Fußweg.

»Alex!«, rief Melanie und winkte ihm. »Nun kommt doch mal!«

Die beiden Jungs kamen näher, sie schienen sich über irgendetwas zu streiten, hörten aber auf, noch bevor sie uns erreichten.

»Wahnsinn«, sagte Alex. »Hab noch nie 'ne Wasserleiche gesehen. Und das in so einem verpennten Kaff.«

Ich schoss ihm einen wütenden Blick zu. Er war einfach unglaublich. Wenn er jetzt noch verkünden würde, dass der Anblick »voll der Gehirntod« gewesen war, dann konnte ich für nichts garantieren.

»Was meint ihr, was mit der passiert ist?«, fragte Melanie leise.

»Na, ertrunken«, antwortete Alex.

»David?« Ich sah ihn direkt an.

»Hm?«

»Wie wär's mit der Wahrheit? Du kennst doch das Mädchen. Ich hab euch zusammen gesehen. Gestern am Café.«

»Ach, das.« Er wühlte sich durch die Haare, als sei ihm diese Begegnung eben erst wieder eingefallen. »Ja, du hast recht. Die hat mich gestern nach dem Weg zum Campingplatz gefragt.«

»Ach, wirklich?« So hatte das aber nicht ausgesehen.

»Ja, klar.« Er hielt meinem Blick stand. In seinen Augen flackerte kurz etwas auf. Spott? Oder bildete ich mir das alles nur ein? Ich wusste langsam selbst nicht mehr, was ich eigentlich gesehen hatte.

»Und nun?«, fragte Melanie. »Was machen wir denn jetzt?«

»Was zu trinken einkaufen?«, schlug Alex vor. »Bald ist Wochenende.«

»Wie kannst du denn jetzt ans Saufen denken?«, platzte ich heraus.

»Was schlägst du denn vor? Hier warten, bis die Bild-Zeitung auftaucht?«

»Nein. Ich meinte ...« Ich verstummte. Was wollte ich eigentlich? Ich gab mir einen Ruck. »Ich meinte, ob wir überhaupt hierbleiben wollen. Oder wieder abfahren.«

»Warum?« Alex sah mich entgeistert an. »Wegen der Wasserleiche?«

»Sag das nicht so! Das Mädchen hatte schließlich einen Namen!«, fuhr Melanie ihn an.

»Sicher, aber den weiß ich ja nicht.«

David kennt ihn bestimmt, dachte ich.

»Passt auf, das ist doch Blödsinn, jetzt deswegen abzuhauen. Außerdem ist heute große Party auf dem Campingplatz, habe ich gestern gehört. Das wird voll ...«

Alex brach ab. Melanie hatte ihn angestoßen. Doch dann gab sie ihm unerwartet recht.

»Wir sollten bleiben. Überleg doch mal, Clara. Was willst du denn deinen Eltern erzählen, warum du plötzlich eher nach Hause kommst?«

Daran hatte ich überhaupt noch nicht gedacht.

»Meinst du, die lassen dich in nächster Zeit irgendwo alleine hin, wenn die erfahren, dass hier tote Mädchen im Wasser schwimmen?« Alex grinste mich an. Natürlich – er wollte sein Schlafzimmer mit Mellie nicht aufgeben. Aber recht hatte er leider doch.

»Was meinst du?«, wandte er sich an David.

Der schien gar nicht richtig da zu sein. Er guckte immer wieder zum Kanal hinüber. Zog die Stirn kraus. »Wir bleiben«, sagte er nach einer Weile, als wir schon gar nicht mehr mit einer Antwort gerechnet hatten. »Vielleicht erfahren wir dann auch, was mit ihr passiert ist.«

In diesem Moment fiel mir auf, dass ich sein Handy seit gestern Abend nicht mehr gehört hatte.

Normalerweise vibrierte und jingelte es die ganze Zeit, selbst nachts, weshalb ich dauernd aufwachte.

Offenbar hatte er keine Nachrichten mehr bekommen, seit er gestern Abend mitsamt seinem schlammigen Geruch auf sein Lager gekrochen war.

7.

Letztendlich paddelten wir am frühen Nachmittag wieder zu unserem Hausboot zurück. Wir hatten uns darauf geeinigt, am Abend zurückzukommen und auf dem Campingplatz vorbeizuschauen.

Vielleicht stieg da ja wirklich eine Riesenparty. Gut zum Ablenken. Außerdem hatte ich das Mädchen ja überhaupt nicht gekannt, und ob ich nun auf eine Party ging oder nicht, spielte ja für sie auch keine Rolle mehr.

Überall in Lübbenau standen Leute herum – Touristen, Rentner, Stocherkahnfahrer – und diskutierten den Todesfall. Die Leiche des Mädchens war mittlerweile abtransportiert worden, aber deswegen gingen die Leute noch lange nicht nach Hause.

Außerdem fiel mir auf, wie Mellie und mich gelegentlich mitleidige Blicke trafen. Weil wir jung waren? So alt wie das unbekannte Mädchen? Und weil junge Mädchen nicht so einfach im flachen Wasser ertranken? Weil – was keiner aussprach – hier vielleicht nicht alles mit rechten Dingen zugegangen war? Was hatte die komische Frau da von einem Gefängnis erzählt?

Ich wollte unbedingt mit Mellie in einem Boot sitzen, aber da war nichts zu machen. Alex gab sie nicht her, und als ich kurz davor war, mich mit ihm anzulegen, sagte Melanie: »Weißt du, Clara, ich finde es eigentlich besser, wenn wir jeder mit einem Jungen im Boot sitzen. Falls wir ...« Sie brach ab.

»Uns verfahren?«, bot ich ihr an. »Weil wir ja so dämlich sind, wir zwei Mädchen?«

Sie wurde rot. »Nein, natürlich nicht. Aber ich fühle mich im Moment ein bisschen durcheinander, also ... und irgendwie will ich mit Alex zusammen sein.«

»Ich verstehe.« Glaubte Melanie ernsthaft, dass Alex sie beschützen würde vor ... Wovor eigentlich?

Wenn überhaupt, so dachte ich gehässig, sollte man Melanie vor Alex schützen.

Aber ich würde hier keine Szene machen. Zur Not paddelte ich das dämliche Boot ganz alleine zurück, wenn David auch nicht mit mir zusammensitzen wollte.

»Hey, komm, wir machen das schon«, sagte er in diesem Moment. »Du musst auch nicht paddeln, wenn du nicht willst. Ich hab doch die Blasen an deinen Händen gesehen, kannst dich ausruhen.«

Darauf war ich nicht gefasst. Ich hatte eine weitere halbe Stunde Anschweigen erwartet, doch David redete auf einmal wie aufgezogen. Wie nervig es gewesen war, sich immer von seinem Chef in der Küche anschreien zu lassen, wie er sich die Arme am Ofen verbrannt und die Finger zerschnitten hatte und was Koch für ein Scheißjob war – nicht so glamourös, wie sie es immer im Fernsehen zeigten – und dass er hoffentlich im Herbst was Besseres finden würde. Ich kam überhaupt nicht zu Wort.

War das Taktik? Damit ich nicht noch mal das tote Mädchen erwähnte?

Zurück am Hausboot kam mir unser See vor wie eine Oase. Von irgendwoher erklang leise Gitarrenmusik und in dem Hausboot rechts, das uns am nächsten lag, schien jemand was zu kochen.

Hier waren Ferien, Ruhe, Frieden. Wahrscheinlich wussten die Leute hier noch gar nichts von dem grausigen Fund in der Stadt.

»Ich mach uns was zu essen«, verkündete David.

»Ich hab keinen Hunger«, sagte ich.

»Aber ich.« Alex holte zwei Baguettestangen aus seiner Tüte und irgendwelche Fleischbatzen, die er in der Stadt gekauft hatte. »Hier, kannst du gleich nehmen.«

David fummelte im Inneren des Hauses an dem mickrigen Propangaskocher herum. Ich holte mir mein Buch und setzte mich raus.

»Wird bestimmt lecker«, sagte Melanie.

»Richtig geil hier, was?« Alex war bester Laune und gab Melanie einen Kuss. Dann streckte er sich und machte zischend ein Bier auf. »Ah. Wie in der Werbung.«

»Alex!«, Melanie flüsterte plötzlich.

»Willst du auch eins?«

»Alex, guck doch mal, da drüben!«

»Hm?«

Ich ließ mein Buch sinken. Wovon redete sie?

»Ey, voll der Freak!«

Dann sah ich es auch. Auf der anderen Seite des Sees war wieder der Junge erschienen. Zumindest nahm ich an, dass er es war. Er trug einen eng anliegenden schwarzen Taucheranzug, komplett mit Taucherbrille.

»Was macht der da?« Melanie flüsterte immer noch.

»Na, tauchen«, erklärte Alex.

»Wie gut, dass wir dich dabeihaben«, sagte ich, aber er hörte mich gar nicht.

»David«, rief er leise. »Guck dir mal den Verrückten da drüben an.«

David kam aus dem Haus, ein Geschirrtuch lässig über die Schulter geworfen. Seine Augen waren ganz rot. Vom Zwiebelschneiden? Hatten wir überhaupt Zwiebeln gekauft?

»Da! Total bekloppt. Würdest du auf den schlammigen Grund hier tauchen wollen?« Alex schnaufte aufgeregt.

Der Junge, falls er es war, stand jetzt knietief im Wasser. Er musste uns doch sehen, aber er zeigte keinerlei Reaktion. Und plötzlich machte er einen Satz und war unter Wasser verschwunden. Melanie fuhr erschrocken zusammen.

Wir starrten wie gebannt auf das Wasser, doch der Typ tauchte nicht mehr auf.

»Muss der nicht mal Luft holen?«, fragte Melanie nach einer Weile. Das fragte ich mich auch.

»Vielleicht hat er ja Spezialtraining gehabt«, meinte Alex.

»Im Luftanhalten?« Ich grinste. Melanie grinste auch leicht. Der Typ blieb dennoch weg und langsam wurde es unheimlich.

»Was will er denn da unten?«, fragte David leise.

»Der sucht was«, sagte Alex, aber diesmal war mir nicht nach Lachen zumute. Nach dem Fund im Wasser heute hatte ich absolut kein Interesse daran, was sonst noch unter der Oberfläche verborgen sein könnte. Melanie ging es offenbar genauso.

»Ich geh rein«, sagte sie und schnappte sich ihr Handtuch.

»Wart doch mal, Mensch!« Alex sprang hektisch herum. »Das ist doch geil, wie lange der da taucht. Und vielleicht bringt er ja irgendwas hoch von da unten.«

»Eben«, sagte ich kurz angebunden.

David rührte sich nicht. Es war, als wollte er nicht hinsehen und könnte sich gleichzeitig nicht losreißen. Genau wie heute Mittag.

»Da!« Alex sprang so aufgeregt herum, dass er beinahe ins Wasser fiel. »Da hinten! Bei den Seerosen, da ist er!«

Tatsächlich. In der Ferne konnte man einen schwarzen Punkt erkennen, der zwischen den hellen Seerosen am anderen Ende aufgetaucht war.

»Dann ist ja alles in Ordnung.« David drehte sich abrupt um und ging ins Haus. Ich folgte ihm und ließ Alex da draußen stehen, der vor sich hin redete, wie lange er tauchen könnte, wenn man ihm nur mal die richtige Ausrüstung geben würde.

Der Campingplatz war prima vom Kanal her zu erreichen, und dass hier wirklich eine Party stattfand, war kaum zu überhören. Man musste einfach nur dem Lärm und der Musik folgen, vorbei an konsterniert guckenden Urlaubern, die in der Dämmerung vor ihren Zelten auf Campingstühlen saßen und Karten spielten oder sich unterhielten. In der Luft hing der typische Campingplatzgeruch: nach Zelt und Luftmatratze, nach Propangaskocher, Gras und lauer Sommernacht. David ging dicht hinter mir, wahrscheinlich sahen wir aus wie ein Paar. Dachte er das etwa? Einmal hielt er mich von hinten fest, als ich in ein Loch auf der Wiese trat und strauchelte. Ich riss mich sofort los. Solange er mir nicht die Wahrheit über das tote Mädchen sagte, konnte er mir gestohlen bleiben. Wir kamen zu mehreren Zelten, die im Kreis aufgestellt waren. Der Platz davor war voller Jugendlicher, die im Gras lagen, auf Decken saßen und sich zuprosteten oder in Gruppen herumstanden und lachten und rumalberten. Einige taumelten schon ganz schön und in einiger Entfernung konnte ich ein Mädchen erkennen, das von seiner Freundin gestützt wurde und offenbar hinter einen Busch kotzte.

»Partytime«, schrie Alex und hielt zur Begrüßung zwei Flaschen hoch. Jemand grölte etwas Begeistertes zurück. Wir waren willkommen.

In diesem Moment setzte die Musik wieder ein, die kurz verstummt war, und direkt neben mir fingen ein paar Typen hektisch an zu tanzen. Glasige Augen und ein seliges Grinsen ließen darauf schließen, dass man hier nicht nur Alkohol bekommen konnte.

Plötzlich wollte ich nichts anderes, als mit den Leuten hier zu trinken und zu feiern und dieses schreckliche Bild in meinem Kopf mit irgendwas wegzuspülen. Ich nahm den Plastikbecher, den Melanie mir reichte, und trank ihn auf ex leer. Sangria. Egal. Ich ging zu dem großen Eimer in der Ecke und füllte meinen Becher gleich noch mal.

»Kommt 'n ihr her?«, schrie mir jemand ins Ohr.

Neben mir stand ein Mädchen mit pechschwarz gefärbten Haaren. Sie trug ein Bikinitop, das eindeutig zwei Nummern zu klein war, und einen wallenden Maxirock.

»Hausboot«, schrie ich zurück.

Sie nickte verständnislos, ging aber nicht darauf ein. »Habt ihr das mit der Leiche gehört?«, fragte sie, die Augen weit aufgerissen.

»Wir haben sie sogar gefunden«, sagte Melanie neben mir, noch bevor ich den Mund aufmachen konnte.

»Echt?« Das Mädchen quiekte vor Aufregung. »Oh Scheiße, wie gruslig. Wie sah die aus?«

»Schlimm.« Etwas Kaltes kroch in mir hoch. »Wo kommst du her?«, fragte ich schnell, obwohl es mich nicht im Geringsten interessierte.

Aber das Mädchen hatte nicht vor, das Thema zu wechseln. »Voll der Hammer«, plapperte sie los. »Die hat sich umgebracht, hab ich gehört. Liebeskummer oder so. Man hat sie mit so einem Typen gesehen, der hat sie weggeschubst.«

»Was?«, fragte ich scharf. »Was für ein Typ?«

»Keine Ahnung. Ihr Lover halt. Vielleicht war sie ja schwanger. Es gibt ja so Arschlöcher, die einen dann sitzen lassen, obwohl, wie man erst so blöd sein kann, keine Pille zu nehmen ...«

»Wie sah der aus?«, drängte ich.

»Weiß ich doch nicht.« Sie dachte kurz nach.

»Gut«, sagte sie dann. »Der sah total gut aus.«

Ich glaubte ihr kein Wort.

»Also, ich könnte das nicht, ihr?«, machte sie weiter. »Also, einfach Luft anhalten unter Wasser, das geht doch gar nicht. In unserer Stadt hat sich mal einer im Wald erhängt, das könnte ich auch nicht, also ...«

»Die hat sich nicht umgebracht«, rutschte es mir heraus, noch ehe ich mich bremsen konnte.

Das Mädchen verstummte erschrocken. »Wieso?«, fragte sie dann atemlos.

Jemand knallte von hinten gegen mich. Ich machte einen unfreiwilligen Satz nach vorn und sah, dass das Mädchen total dreckige Füße hatte und ihr Rock unten ganz zerrissen war. Als ich wieder hochkam, stand plötzlich ein Junge neben ihr und sie schmiegte sich an ihn. Ein unheimlich gut aussehender Typ.

Wie kam so ein Trampel zu so einem tollen Kerl?

Und wieso meldete Tobi-Blödmann sich nicht? War ich ihm zu hässlich, oder was?

»Sie meint, es war kein Selbstmord«, sagte das Mädchen jetzt zu ihrem Typen. »Oh Gott, Leon, wenn das stimmt, musst du heute die ganze Nacht bei mir bleiben.« Sie schlang ihre Arme um den Jungen und quetschte ihren Busen an seine Rippen. Er schob sie weg.

»Das mit dem Selbstmord glaube ich auch nicht«, sagte er und zwinkerte uns zu. Jetzt bemerkte ich, dass er gar nicht so jung war, wie ich gedacht hatte. Er war mindestens Mitte zwanzig. »Mensch, du frierst ja total, Chantal«, sagte er. »Geh mal und zieh dir was an.«

Chantal sah ihn unsicher an, dann zog sie einen Schmollmund und wankte davon. Sie gehörten also nicht zusammen. Ich bekam sofort gute Laune.

»Wie gemein«, prustete Melanie. »Jetzt gibt sie sich erst recht die Kante.« Wir sahen alle drei zu Chantal, die beim erstbesten Typen stehen geblieben war und jetzt aus dessen Bierflasche trank.

Leon zog belustigt die Augenbrauen hoch. »Ihr seht jedenfalls im Bikini tausendmal besser aus«, meinte er.

»Woher willst du das wissen?«, fragte ich. Die Sangria schmeckte grauenvoll, machte mich aber ein bisschen mutiger.

»Ich weiß es eben.«

»Das stellt er sich gerade vor.« Melanie grinste anzüglich und stemmte ihre Hand in die Hüfte wie ein Model. Meine Güte, konnte sie sich nicht ein Mal ein bisschen zurückhalten? Sie hatte schließlich ihren Alex, da konnte sie mir doch wirklich mal diesen Leon überlassen. Ich betrachtete ihn heimlich, seine dunklen Augen, die ein bisschen zu nah beieinanderstanden und ihm etwas Geheimnisvolles verliehen, die gerade Nase, den leichten Bartschatten. Nicht so ein Baby wie Tobi, ging es mir durch den Kopf.

»Mellie?« Alex kam auf uns zu, in jeder Hand einen Becher. Als er Leon erblickte, verengten sich seine Augen.

»Dein Freund kommt«, sagte ich laut zu Melanie. Sie verzog leicht das Gesicht. Hinter Alex tauchte jetzt David auf und in diesem Moment veränderte sich etwas in Leons Gesichtsausdruck.

Es war so unmerklich, dass wahrscheinlich niemand außer mir es sah, und doch war da was, ganz ohne Frage. Kannten die beiden sich? Denn auch David schien eine Sekunde lang zu stutzen, als er Leon erblickte. Dann sah er rasch weg.

»Da drüben machen sie 'ne Wette, wer es schafft, den Eimer leer zu trinken«, informierte uns Alex.

»Los, komm.« Er schnappte Melanie und zog sie mit sich. Ich drehte mich zu Leon um, aber er war wie vom Erdboden verschwunden. Und mir fiel ein, dass ich ihn doch gar nicht gefragt hatte, warum er auch nicht an einen Selbstmord des Mädchens glaubte.

Später in der Nacht konnte ich nicht einschlafen. Alex und Melanie hatten sich erst lautstark gestritten und anschließend ebenso laut versöhnt. Schwer zu sagen, was schlimmer war. Ich hatte versucht, mein Buch zu lesen, konnte mich aber nicht konzentrieren, die Buchstaben verschwammen vor meinen Augen. Nie wieder Sangria. Außerdem dachte ich an Leon und wie schade es war, dass er auf einmal verschwunden war. Und daran, dass er auch nicht an einen Selbstmord glaubte. Immer wieder tauchte das Bild des toten Mädchens vor mir auf. Die wächserne Haut, die schlammigen Haare ... Hoffentlich würde ich nicht davon träumen. Ob ihre Eltern schon wussten, dass sie tot war?

David lag auf der Couch und hatte die Augen geschlossen, aber ich wusste, dass er noch nicht schlief, denn er warf sich immer wieder hin und her.

»David«, versuchte ich es jetzt noch mal. »Meinst du, die Eltern des toten Mädchens sind schon benachrichtigt worden?«

»Keine Ahnung.«

»Ich meine nur – wenn niemand weiß, wer sie ist, dann kann ja auch niemand ihren Eltern Bescheid sagen.«

Schweigen.

»David? Kennst du vielleicht ihre Eltern?«

»Nee.«

Er schälte sich aus seiner Lagerstatt und ging ins Freie, um eine zu rauchen. Ich folgte ihm, denn ich konnte sowieso nicht schlafen. Gemeinsam standen wir in der Dunkelheit und rauchten und blickten auf den See hinaus, der jetzt, mitten in der Nacht, aussah wie ein tiefes, schwarzes Loch.

Um uns herum war alles still, keine Musik mehr, kein Grillduft, nichts. Ein kleiner Lichtschein aus dem Hausboot neben uns und aus dem weißen Cottage-Boot gegenüber, das war alles.

»David, ich ...«

»Psst. Guck mal, da!« Seine Stimme klang rau und irgendwie leicht erregt. Er streckte einen weißen Zeigefinger in die Nacht hinaus. Ich folgte ihm mit den Augen. Da drüben am linken Ufer flackerte ein kleines Lagerfeuer neben dem Zelt. Und daneben stand der Typ, immer noch im Taucheranzug, wie ein Wesen aus einer anderen Welt. Gesichtslos und schwarz. Aber trotzdem hätte ich schwören können, dass er genau zu uns herübersah.

Davids Stimme klang jetzt ganz nah, sein Atem streifte meinen Hals. »Ich finde«, flüsterte er, »du solltest nicht so viele Fragen stellen und lieber froh darüber sein, dass ihr beiden nicht ganz alleine hier draußen seid.«

8.

Ich wurde von einem platschenden Geräusch wach.

Es kam von draußen. Verschlafen setzte ich mich auf und schob die hässlichen Vorhänge ein Stück zur Seite. Es war schon hell und offenbar auch schon wieder ziemlich warm. Meine Uhr zeigte 9 Uhr an.

Viel zu früh, um aufzustehen. Unten auf dem Boden lag David und schlief mit offenem Mund. Noch im Schlaf hielt er sein Handy fest umkrampft – als ob er sich nicht traute, es aus den Augen zu lassen. Ich überlegte, ob ich ihm das Ding aus dem Fingern klauben und einfach mal nachsehen sollte, was er dauernd für Nachrichten bekommen hatte. Ich kletterte aus dem Bett und beugte mich über ihn. Er schnarchte leise. Vorsichtig streckte ich meine Hand nach seiner aus. Berührte das Handy und zog leicht daran. Es steckte fest. Verdammter Mist! In diesem Moment schnappte David laut nach Luft und öffnete die Augen zu einem schmalen Schlitz. Ich war mir sicher, dass er nicht richtig wach war, denn ich konnte nur das Weiße seiner Augäpfel sehen, aber trotzdem fuhr ich hastig zurück. Was, wenn er doch aufwachte? Wie um alles in der Welt sollte ich erklären, warum ich mich am frühen Morgen halb nackt über ihn beugte und sein Handy klaute? Ich richtete mich auf und knallte dabei mit dem Kopf an den blöden Tisch. Es tat verflucht weh, aber ich biss die

Zähne zusammen. Von draußen hörte ich wieder dieses Platschen. Es kam ganz aus der Nähe.

Mit einem Ruck öffnete ich die Tür und trat ins Freie. Blitzschnell flatterte eine Ente hoch und flog ein paar Meter weit weg. Sie hatte sich offenbar an den Brotresten bedient, die noch von gestern Abend hier draußen herumlagen. Beleidigt guckte sie mich aus ihren Knopfaugen an, watschelte ein paar Schritte nach links und flatterte auf den See. Dort nahm ich eine Bewegung auf dem Wasser wahr. Jemand schwamm mit kräftigen Zügen auf und ab. Daher das Platschen.

War das der schwarze Taucher-Typ von gestern? Ich hielt mich instinktiv an der offenen Tür fest.

»Licht aus«, brummte David plötzlich von drinnen.

Ich schloss sachte die Tür, kniete mich draußen auf unserer Mini-Veranda auf den Holzboden des Bootes und lugte vorsichtig über den Bootsrand. So hatte ich einen wunderbaren Blick auf den Schwimmer, ohne selbst entdeckt zu werden.

Dachte ich. Bis die Person auf einmal bei dem Bootssteg unseres Nachbarbootes anhielt und sich mit einem kräftigen Schwung aus dem Wasser zog. Es war nicht der Taucher. Es war Leon von gestern Abend in einer dunkelblauen Adidas-Badehose! Er drehte sich zu mir um, grinste und rief: »Na?«

Was machte der denn hier? Ich spürte, dass ich rot anlief. Wie peinlich! Und was musste Leon von mir denken? Dass ich ihn heimlich beim Baden beobachtete? Ich rappelte mich hoch, griff dabei nach einer Schraube, die auf dem Boden lag, und hielt sie halbherzig in die Luft. »Hab's gefunden!«

Leon lachte. Ihm konnte ich offenbar nichts vormachen. »Willst du nicht ins Wasser?«, rief er. »Jetzt ist die beste Zeit zum Schwimmen, nachher ist wieder alles voller Mücken.«

»Was machst du denn hier?«, fragte ich perplex. Und wo warst du gestern Abend auf einmal?, setzte ich in Gedanken hinzu.

»Urlaub.« Er griff nach einem Handtuch, das dort über der Lehne eines Liegestuhles trocknete. »Was dagegen?«

»Nein, überhaupt nicht«, stammelte ich. Rasch fuhr ich mir durch meine ungekämmten Haare. Mist, garantiert sah ich unmöglich aus. Deshalb also die Bemerkung über uns im Bikini! Er musste uns an den Tagen zuvor schon mal beim Sonnenbaden gesehen haben. Warum hatte er gestern nichts gesagt?

War er alleine hier? Oder schlief in seinem Hausboot etwa die grässliche Chantal? Nein, das konnte ich nicht glauben.

»Na los, rein ins Wasser«, rief er mir zu. »Wozu hast du denn den schönen Bikini?« Er grinste wieder, winkte noch mal kurz in meine Richtung und verschwand dann in seinem Hausboot.

Ich ging zurück ins Boot. Aus Davids Mund kamen jetzt kleine Pfeiftöne. So leise wie möglich wühlte ich in meinem Rucksack herum und kramte meinen Bikini heraus. Blitzschnell zog ich mich um, schlich lautlos wieder raus und setzte mich erleichtert auf den Bootssteg. Wenn Leon hier einfach so badete, dann

konnte es ja in dem Wasser nicht so gefährlich oder dreckig sein. Ganz im Gegenteil. Jetzt, in der Morgensonne, kam mir unser Hausboot am See vor wie der schönste Platz der Welt. Friedlich und still, abgesehen vom gelegentlichen Hämmern eines Spechts und dem Sirren der Libellen. Die Art Sommermorgen, von der ich im letzten Januar geträumt hatte, als ich fröstelnd und müde im Dunkeln morgens an der Haltestelle stand. Wir sollten froh sein, dass wir hier nicht alleine waren? So ein Schwachsinn. Als ob Alex und David, unsere zwei Ritter von der traurigen Gestalt, uns irgendwie beschützen würden. Total lächerlich, jetzt, wo ich wusste, dass Leon gleich nebenan wohnte. Wer brauchte da Alex und David. Ein Glücksgefühl rieselte mir auf einmal durch den Bauch. Vielleicht war der Urlaub doch noch zu retten. Und jetzt wollte ich endlich mal schwimmen.

Kurz entschlossen stand ich auf, ging über die rauen Planken, rannte das letzte Stück, holte tief Luft – und sprang.

Der Schmerz an meinem Fuß und der Schock des kalten Wassers kamen gleichzeitig. Ich riss meinen Mund vor Schreck auf, schluckte grünliches Seewasser und schoss wie ein Pfeil an die Oberfläche.

Mein Fuß! Mein Fuß! Er brannte wie Feuer, ein gequältes Japsen kam aus meinem Mund. Salzige heiße Tränen vermischten sich mit dem kalten Wasser auf meinem Gesicht, irgendeine grüne Pflanze baumelte in meinen Haaren. Es tat so verdammt weh, dass ich es kaum aushielt, nicht zu schreien. Ich biss die Zähne zusammen und paddelte mit einer Hand zurück zum Steg, während die andere meinen Fuß fest umklammert hielt und zusammendrückte, um diesen mörderischen Schmerz abzuschalten. Er war vorn, bei den Zehen. Ich hielt mich am Steg fest. »Mellie«, rief ich und schluchzte. Es tat so weh! »Mellie, hilf mir!«

Nichts geschah.

Ich ließ den Fuß los, der gleich noch mehr brannte, und versuchte, mich hochzuziehen. Ich tat mir keinen Zwang mehr an und fluchte laut. Bis zum Bauch war ich draußen, dann schob ich mein rechtes Knie vorsichtig auf den Steg und zog das linke, schmerzende Bein hinterher. Dabei stießen meine Zehen

an das splittrige Holz und ich brüllte vor Schmerz.

Die Tür ging auf, David stand da, die Haare verstrubbelt, das Gesicht verschlafen.

»Was ist denn ... Ach du Scheiße, bist du okay?«

Er stürzte auf mich zu. Erst jetzt bemerkte ich die rote Spur neben mir. Und den fehlenden Fußnagel an meiner großen Zehe. Stattdessen klaffte da nur eine blutende Wunde.

»Mensch, Mensch«, murmelte David. Er kniete sich hin. »Was hast du denn da gemacht?«

Ich heulte jetzt hemmungslos. Zog mein Knie an und presste meine Daumen auf den Knöchel, um den Schmerz abzuschwächen.

»Das muss gereinigt und verbunden werden. Ich hab mir mal in der Küche fast die linke Fingerkuppe abgehackt, da ...«

»Hör auf!«, kreischte ich. Ich konnte doch kein Blut sehen.

»Sorry.« Er sah sich hektisch um. »Alex!«, brüllte er dann. »Wach auf!« Im Hausboot rumpelte es laut.

»Ich hol dir was.« Er sprang auf und lief drauf zu, als die Tür aufschwang und den Blick auf ein verquollenes

Gesicht freigab. Alex. David schob ihn einfach zur Seite. »Ist hier irgendwo Verbandszeug?«, hörte ich ihn fragen.

Ich ruckte immer wieder vor und zurück wie jemand aus der Irrenanstalt. Das machte den Schmerz erträglicher. David kam zurück mit einem Kasten und einer Flasche Wasser, die er über meinen Fuß goss.

»Au!«

»Das muss sauber gemacht werden. Oder willst du da irgendwelche Fischeier in der Wunde haben?«

Ich schüttelte den Kopf.

»Boah, voll krass.« Alex beugte sich interessiert über mich. Er roch muffig.

»Fass ja nichts an«, zischte ich.

»Ist ja gut!« Er hob die Hände theatralisch hoch und trat ein Stück nach hinten. Das Feuerzeug klappte, Rauch wehte mir ins Gesicht.

»Und rauch gefälligst woanders!«

David griff behutsam nach meinem Bein. »Okay, hier war so ein Erste-Hilfe-Kasten. Sind nur eine Mullbinde und Heftpflaster drin, aber besser als nichts. Ich mach dir 'nen Verband dran, dass es erst mal aufhört zu bluten.«

Ich nickte nur.

»Kannst meinen Arm kneifen, wenn es wehtut.« Er grinste. Und fing an. Ich quetschte seinen Arm so sehr, dass er wahrscheinlich noch monatelang blaue Flecken haben würde. Aber David wusste offenbar, was er tat. Blitzschnell hatte er einen Verband angelegt und in dem Moment, wo ich das Blut nicht mehr sehen musste, tat es auch nicht mehr so schrecklich weh.

»Danke«, keuchte ich.

»Keine Ursache.«

»Clara? Was ist denn passiert?« Melanie kam heraus, die Augen vor Schreck weit aufgerissen.

»Sie hat sich den Nagel an der großen Zehe abgerissen.« David stand auf.

»Echt? Oh Mann, du Arme!« Melanie kam zu mir gerannt und drückte mich. »Wie denn?«

»Ich bin ins Wasser gesprungen. Ich weiß auch nicht, wahrscheinlich bin ich an diesem scheiß Steg hängen geblieben. Der ist total morsch.«

»Yep«, sagte Alex. Er lag auf dem Bauch und untersuchte die Holzkante. »Hier ist so ein Metallhaken und da hängt dein Nagel. Willst du ihn sehen?«

»Nein«, schrien Melanie und ich wie aus einem Mund.

Alex hielt den blutigen kleinen Nagel hoch wie eine Trophäe. »Schade um den Nagellack«, sagte er.

Dann holte er aus und warf das Ding ins Wasser.

»Jetzt ist er Fischfutter.«

»Du bist widerlich«, sagte Melanie.

»Ist doch nur Spaß.« Er kam auf uns zu und lächelte entschuldigend. Legte mir die Hand auf die Schulter. An seiner Stirn blühte ein Pickel. »Sorry, ich bin halt so der Joker-Typ. Tut bestimmt sauweh, dein Fuß.«

Ich verzog das Gesicht. Joker-Typ, sonst noch was?

Melanie hielt meine Hand, ehrlich besorgt, David hatte mir geholfen und mich regelrecht überrascht, dass er so sanft sein konnte, aber Alex – der war von anderem Schlag. Dieser fiese Zug um seinen Mund, als er die Wunde gesehen hatte. Dieses Glitzern in den Augen, diese Sensationslust gestern bei der

Wasserleiche.

Es gab gar keinen Zweifel – Alex ging beim Anblick
von Blut und Gewalt so richtig einer ab.

9.

Zwei Stunden später war Alex endlich weg. David und Melanie auch. Sie hatten nach langem Hin und Her eingesehen, dass es eine Zumutung gewesen wäre, wenn ich mit meinem schmerzenden Fuß mit in die Stadt gerudert wäre. Da mussten sie nämlich unbedingt hin, weil die Zigaretten schon wieder alle waren. Melanie hatte unbedingt mitgewollt. Wahrscheinlich war es ihr hier am See zu langweilig – nicht genug Action, nichts zum Einkaufen und keine Eiswürfel im Drink.

Ich war aber nicht sauer. Im Gegenteil – ich freute mich, mal meine Ruhe zu haben. Mein Fuß puckerte immer noch ziemlich schmerzhaft, aber wenn ich mich nicht groß bewegte, ging es.

Ich hatte es mir auf dem Bootssteg bequem gemacht, diesmal aber auf einer Decke, damit ich mir nicht noch einen Splitter reinzog. Drinnen im Haus roch es immer so modrig. Vor mir lagen mein Roman, den ich endlich mal weiterlesen wollte, eine Tüte Gummibären und eine Modezeitschrift mit Tipps, wie man am besten seinen Typ veränderte. Genau das Richtige für einen Sommertag. Ob Leon mich sehen konnte? Er war nicht wieder aufgetaucht. Ich weiß nicht warum, aber ich hatte weder Melanie noch den anderen erzählt, wer da nebenan wohnte. Leon war meine Entdeckung und ich wollte ihn so lange für mich behalten, wie es nur ging.

Denn leider war es nun einmal so – sobald Melanie dazukam, würde Leon sich nur noch für sie interessieren, das wusste ich aus Erfahrung. Zwei Freunde hatte ich schon auf diese Weise verloren, dabei wollte Melanie nicht mal was von ihnen. Sie flirtete aus Spaß, als Hobby, als Sport, so wie andere Leute Fußball spielten oder tanzen gingen. Dummerweise kapierten das die meisten Jungs nicht und nahmen ihr Geflirte persönlich. Es war fast lustig – aber eben nur, solange es mich nicht selbst betraf.

Zwei Libellen surrten vor mir über das Wasser. Es sah fast so aus, als ob sie tanzten. Oder vor Angst zitterten. Meine Oma hatte Libellen immer Wasserjungfern genannt. Eigentlich waren sie auch hübsch, so zart und flimmernd. Ich nahm mein Handy und schoss ein Foto. Schade, dass ich nicht näher heranzoomen konnte. Obendrein war mein Akku fast leer. Ich sollte ihn mir lieber aufheben, falls meine Eltern noch mal anriefen. An eine Nachricht von Tobi glaubte ich jetzt nicht mehr. Fuck Tobi, dachte ich. Leon war viel besser. Ich schielte über den Rand meiner Zeitschrift zu seinem Hausboot hin. Was machte der da nur die ganze Zeit? »Komm schon raus«, lockte ich leise.

Es war jetzt absolut still, abgesehen von dem ständigen Summen in der Luft. Der Spreewald schien das Mekka aller Insekten zu sein, wo Menschen nur störende Randfiguren waren. Ich blätterte die Seite in der Zeitschrift um. Ein blondes Mädchen mit geflochtenen Haaren und Lederschmuck nahm das ganze Bild ein.

Tolle Frisuren für jede Gelegenheit. Eine Sekunde lang war mir, als starrte mich die Tote aus dem Hochglanzfoto an. Ich schlug die Zeitschrift rasch zu. Ein Quietschen erklang. Ich hob den Kopf.

Es kam von der gegenüberliegenden Wasserseite, von dem Hausboot mit dem Cottage-Look und den Blumenkästen. Ich hatte mich schon die ganze Zeit gefragt, wer da wohl Urlaub machte. Eine Tür ging auf und ein braun gebrannter älterer Mann mit Brille trat heraus. Er streckte sich und ich konnte sehen, dass er einen ziemlichen Bauch hatte. Wie mein Vater. Der Mann machte keinerlei Anstalten herüberzugrüßen, obwohl er mich doch garantiert gesehen hatte. Nun, das war definitiv nicht wie mein Vater.

Der hätte jetzt quer über den See gerufen und gewunken. Ich schielte unter meinem Pony hinüber.

Jetzt ging er wieder rein, dann kam er wieder raus, diesmal begleitet von seiner Frau. Oder seiner Tochter? Das weibliche Wesen neben ihm sah jedenfalls mindestens zwanzig Jahre jünger aus. Langbeinig und langhaarig, mit einem Mund, der so rot geschminkt war, dass er die hundert Meter bis zu meinem morschen Steg leuchtete. Sie trug ein winziges weißes Hängerkleidchen.

Der Mann drückte ihr etwas in die Hand. Tranken die mitten am Vormittag Cocktails? Er legte jetzt seinen Arm um die Frau und die beiden küssten sich. Sie standen genau vor dem weißen Hintergrund, mit Blumenkästen rechts und links und glitzerndem Wasser und Sonnenschein ringsum. Ein Bild wie aus der Werbung, total romantisch. Ich musste einfach noch ein Foto machen. In diesem Moment sah der Mann genau zu mir herüber und die malerische Szene zerbrach wie Glas. Er zerrte die Frau am Arm, richtig grob sah das aus. Sie schien das nicht zu wollen. Ich konnte sehen, wie der Mann wütend herumfuchtelte und auf mich

zeigte. Was hatte ich denn getan? Die Frau strauchelte ein bisschen, aber er schob sie wie ein Paket ins Innere des Bootes und schlug mit lautem Knall die Tür zu. Na klasse. Ich saß da wie vom Donner gerührt. Was hatte der denn für ein Problem? Weil ich fotografiert hatte? Das konnte ich mir nicht vorstellen. Oder war das irgendein perverser Sack, der sich heimlich eine Lolita auf sein Hausboot geholt hatte? Mist, dass die anderen alle weg waren.

Das Handy war kurz vorm Absterben, aber ich schickte Melanie trotzdem schnell eine Nachricht:

Wo bist du? News!!!

Ob Leon die beiden auch gesehen hatte? Warum kam er nur nicht raus? Am liebsten wäre ich zu ihm rübergelaufen und hätte an die Tür geklopft. Bald würden schließlich die anderen zurückkommen.

Mist. Mein Fuß tat weh, als ich mich auf den Rücken drehte, um mich zu sonnen. Irgendwo plätscherte das Wasser. Wahrscheinlich wieder die Enten. Ich schloss die Augen, genoss die Wärme auf meiner Haut und den Geruch nach Wasser, Schilf und Holz.

Es plätscherte wieder. Ich setzte mich ächzend hin, darum bemüht, nicht wieder an meinen Fuß zu stoßen. Nicht weit von mir entfernt kräuselte sich die Wasseroberfläche. Auf einmal bekam ich ein ganz komisches Gefühl. Diese Sorte Enten tauchte doch nicht komplett unter? Und der Typ mit der jungen Frau da drüben, wie der mich angestarrt hatte ...

Ich war hier ganz alleine, ich konnte mit meinem Fußverband nicht mal weglaufen. Ich legte mich auf den Bauch und beobachtete den See. Was immer da untergetaucht war, blieb offenbar unten. Ich rückte noch ein Stück vor. Da war was, direkt im Wasser unter mir. Mein Mund wurde ganz trocken. Eigentlich wollte ich nicht wissen, was da war, aber ich musste trotzdem hinsehen. Etwas Helles. Zu groß für ein Insekt, mehr wie ein Fisch, aber so sah kein Fisch aus, mit so vielen Gliedern, das war ...

In dem Moment, als die Hand aus dem Wasser auftauchte, fing ich wie wahnsinnig an zu schreien.

10.

»Entschuldigung! Schrei doch nicht so!«

Die Stimme drang kaum zu mir vor. Ich schrie und schrie und fuchtelte wild mit den Armen, damit mir dieses Monster nicht zu nahekam. Dieser Typ mit seinem schwarzen Gummianzug, in dem er wie ein riesiger Molch aussah, mit diesen Schwimmflossen und dem Kopf in der schwarzen engen Kappe.

»Hau ab!«

»Mann, sorry, ich wollte dich nicht erschrecken, also eigentlich schon, aber ich wusste doch nicht ...«

»Hau ab! Komm mir ja nicht zu nahe!« Ich sah, wie bei Leon rechts eine Tür aufging, und brüllte noch lauter.

Der Typ versuchte wieder, mich am Arm anzufassen. »Mensch, ich dachte, du langweilst dich hier alleine.«

»Lass mich los! Lass mich sofort los!« Ich riss meinen Arm weg und versuchte aufzustehen. Der Taucher zog sich neben mir am Steg hoch, offenbar in der Absicht, sich neben mir niederzulassen. Und dann? Was hatte er dann vor? Mein Fuß tat auf einmal wieder höllisch weh. Ich spürte etwas Warmes, Nasses an meinen Zehen.

»Wenn du nicht sofort abhaust, rufe ich die Polizei!« Meine Stimme kippte in ein schrilles Kieksen über und ich wusste auch warum. Die Polizei anrufen? Mein

Akku war so gut wie leer und in diesem Sumpfloch gab es keinen Strom.

»Hey, ich will dir doch nichts tun. Jetzt beruhig dich doch mal.«

»Hau ab!« Ich humpelte ein Stück weg und machte dabei den Fehler, kurz auf den Boden zu sehen. Alles rot. Voller Blut.

»Okay, okay – guck, ich komm dir nicht zu nahe.«

Er trat einen Schritt zurück und hielt die Hände hoch. Doch schon im nächsten Moment ließ er sie wieder fallen. »Blutest du? Ist das von dir?« Er streckte die Hand aus. »Mensch, jetzt ...«

»Was ist denn hier los?« Eine Stimme erklang auf einmal von rechts. Leon, endlich. Er kam auf uns zu.

Der Junge im Taucheranzug trat wieder einen Schritt auf mich zu. »Ich ...«

»Der kam einfach aus dem Wasser«, rief ich dazwischen. »Hat mich total erschreckt und jetzt lässt er mich nicht in Ruhe und ...«

»Nimm die Pfoten weg!«, brüllte Leon. »Sonst kriegst du's mit mir zu tun.«

»Okay, okay. Ist ja gut, Mann.« Der Junge wirkte jetzt nervös.

»Hat er dir was getan? Dich angefasst?« Leon sprang leichtfüßig auf unseren Steg. »Hilflosen Mädchen Angst einjagen ist wohl dein Hobby, du kleiner Scheißer, hm?« Er ging mit drohender Miene auf den Taucher los.

»Mann, ich hab doch nur Spaß gemacht, also sorry, das ... das Blut war ich nicht, ich ... ach Mann, vergiss es!« Der Junge machte plötzlich einen Satz nach hinten und sprang ins Wasser.

Wir starrten beide auf den Kreis, der sich auf der Wasseroberfläche bildete.

»Na los, komm raus, du Schisser!«, rief Leon. Das Wasser blieb still.

»Der kann ganz lange tauchen«, sagte ich. »Den haben wir gestern schon gesehen. Ich glaube, der ist verrückt oder so.« Ich merkte, dass ich Gänsehaut hatte, trotz der Hitze. Beim Anblick der weißen Hand hatte ich im ersten Moment gedacht, dass die nächste Wasserleiche angeschwommen kam.

Ich zitterte.

»Ja klar ist der verrückt«, sagte Leon, ohne den Blick vom Wasser abzuwenden. »Wer macht denn sonst so was?« Er kniff ein Auge zu. »Da!«

Der Junge war in der Mitte des Sees wieder aufgetaucht.

»Ich warne dich«, brüllte Leon. »Lass dich ja nicht noch mal hier drüben sehen!«

Der Junge antwortete etwas. Es klang wie »Idiot«.

»Verpiss dich!«

Der Kopf des Jungen verschwand wieder unter Wasser und Leon drehte sich zu mir. Er machte einen echt wütenden Eindruck. Erst jetzt schien er mich richtig wahrzunehmen.

»Mensch, du bist ja völlig fertig. Und du blutest ja. Hat der dich irgendwie …?«

»Nee, das ist heute früh passiert«, sagte ich schnell. »Ich hab mir den Zehennagel am Steg abgerissen.«

»Autsch.« Er verzog das Gesicht. »Ich hab mitgekriegt, dass heute Morgen bei euch irgendwie Tumult war.«

Er kniete sich hin und betrachtete meinen Fuß. Davids Verband hatte sich fast gelöst und schleifte in blutgetränkten Bändern auf dem Boden.

Ich sah aus wie jemand aus dem Ersten Weltkrieg.

»Das musst du neu verbinden. Wo sind denn deine Freunde?«

»In die Stadt gepaddelt. Aber ich glaube, wir haben noch so einen Kasten mit Pflastern drinnen.«

Ich machte Anstalten, zurück ins Hausboot zu humpeln.

»Bleib bloß sitzen. Wenn ihr nur so lappige Pflaster habt, nützt das eh nicht viel. Ich hab was Besseres, bin gleich wieder da. Und wenn der zurückkommt, fängst du ganz laut an zu schreien, verstanden?«

Ich nickte. Allerdings konnte ich mir nicht vorstellen, dass der Typ zurückkommen würde, solange ich hier einen Beschützer hatte.

Völlig benommen saß ich in der Sonne. Das war eben alles so schnell gegangen. Was, wenn Leon nicht da gewesen wäre? Was, wenn mich der Junge ins Wasser gezerrt hätte? Ich wagte den Gedanken gar nicht zu Ende zu denken. Wie ein Horrorfilm flackerte der Anblick des toten Mädchens vor meinem inneren Auge auf. Oder warum war er sonst unter Wasser zu mir geschwommen?

Was hatte er gleich noch mal gesagt?

»So, das hier wird besser halten.« Leon war mit einem weißen Päckchen unter dem Arm zurückgekommen. Er griff behutsam nach meinem Fuß und hielt ihn hoch. Ich bemerkte das Grübchen auf seiner linken Wange und seine warmen dunklen Augen, dann sah ich schnell weg. Wie schön wäre es, wenn Leon meinen

Fuß so zärtlich in der Hand hielte, um mir die Nägel zu lackieren oder sonst was Erotisches damit zu machen, und nicht, um einen Verband um meine eklige Wunde zu wickeln. Irgendwie ging bei mir immer alles schief. Leon schien nichts von meinen Wünschen zu bemerken, er machte ruhig einen festen Verband, den er mit einer Art Sicherheitsnadel feststeckte.

»Danke.« Ich atmete erleichtert aus. »Und danke, dass du mir geholfen hast.«

»Mach ich doch gern für jemand so Hübsches. Wie heißt du eigentlich?«

»Clara.« Jetzt wurde ich fast ein wenig verlegen.

Leon hatte ganz dunkelgraue Augen, die einen schönen Kontrast zu seiner leicht gebräunten Haut bildeten, das hatte ich gestern Abend gar nicht bemerkt.

Jetzt bei Tageslicht wurde mir klar, dass er mindestens zehn Jahre älter als ich war. Mein Herz sank in den Keller. Einer in dem Alter hatte doch ganz andere Erwartungen. Oder? Hmm, aber warum eigentlich nicht? Melanies Cousine hatte mit 16 eine Affäre mit einem 30-jährigen Taxifahrer gehabt und uns dessen Vorzüge in allen Einzelheiten geschildert.

»Wo warst du denn gestern Abend auf einmal?«

»Paar Leuten aus dem Weg gehen.« Er zwinkerte mir zu. Die schlampige Chantal. Vor der wäre ich auch geflüchtet. Ich grinste zurück. »Machst du hier den ganzen Sommer lang Urlaub?« Was für eine blöde Frage.

Er lachte. »So was Ähnliches. Ich arbeite auch. Aber ich kann Gott sei Dank arbeiten, wo immer ich bin.« Er wischte sich mit der Hand über die Stirn. »Mensch, ist das heiß.«

»Willst du was trinken?« Irgendwo in unserer Bude stand noch eine halb volle Apfelschorle.

»Habt ihr was Kaltes?«

Ich schüttelte den Kopf. »Nee, wir haben keinen Kühlschrank.«

»Na, weißt du, dann biete ich lieber dir was an. Ich habe sogar Eis.«

»Echt?«

»Echt. Und außerdem«, er ließ einen Blick über den See schweifen, »lasse ich dich ungern hier allein. Wer weiß, was unserem Freund als Nächstes einfällt. Da wartest du lieber bei mir, bis deine Kumpels wiederkommen.«

»Danke.« Es war zwar irgendwie ein bisschen komisch, wenn ich jetzt zu ihm rüberging, ich kannte ihn ja gar nicht, aber andererseits hatte ich absolut keine Lust, hier alleine wie auf dem Präsentierteller zu sitzen.

»Geht's?« Leon half mir, den kleinen Absatz am Ende des Stegs runterzuklettern. Gott sei Dank hatte ich ganz bequeme Sandalen zum Reinschlüpfen mitgenommen.

»Geht.« Ich schlurfte neben Leon her. Es war gar nicht so weit, doch es erschien mir endlos, weil wir nur so langsam vorwärtskamen. »Das ist echt nett von dir.«

»Keine Ursache. Freue mich doch, wenn ich ein bisschen Abwechslung habe. Den ganzen Tag so allein, da wird man richtig rammdösig.«

Wir waren an seinem Boot angelangt. Es sah ziemlich gut in Schuss aus, hatte sogar eine richtige Tür mit Schloss, nicht nur einen Riegel wie unseres.

Sogar einen Blumenkasten gab es vorn am Eingang, allerdings waren die Blumen darin vertrocknet. Eine kleine Veranda begann an der Vorderseite und führte um das ganze Boot herum nach hinten auf den See hinaus, dort hatte ich Leon ja schon gesehen.

Da stand der Liegestuhl mit dem Handtuch, auf dem Boden, so sah ich jetzt beim Näherkommen, lagen eine Gummiente und ein Schwimmreifen. Leon bemerkte meinen Blick. »Von meiner Tochter. Die kommt in den nächsten Tagen mit meiner Frau.«

»Ach.« Ich verspürte einen tiefen Schuss Enttäuschung. Leon war verheiratet. Natürlich war er das. Und ich war eine dumme Gans.

»So, komm rein.« Er hielt mir die Tür auf. Sofort umfing mich angenehme Kühle. Ein Ventilator brummte unermüdlich in der Ecke. Leon hatte ein richtiges Wohnzimmer mit Couch und Fernseher. Und einen Küchenbereich mit Kühlschrank, Spüle und einer ganzen Galerie von Weinflaschen. Die Einrichtung war zwar ein bisschen altmodisch, aber gemütlich.

»Setz dich, setz dich.« Ich ließ mich auf das weiche Sofa fallen und schloss kurz die Augen. Wahrscheinlich war ich doch nicht so der Camping-Typ. Am liebsten wäre ich hier bei Leon eingezogen.

Eiswürfel klirrten in ein Glas, wenig später hielt ich einen herrlich kalten Drink in der Hand. Irgendein selbst gemachter Holunderwein, der in grünen Flaschen mit Gummistöpseln im Kühlschrank stand.

Ich kannte niemanden, der selber Wein ansetzte.

Wahrscheinlich war Leon ein Öko. Obwohl, so kam er mir gar nicht vor. Oder seine Frau? Er selber hatte sich ein Bier genommen.

Er schob einen Stapel Blätter vom Tisch. »Genug gearbeitet für heute.«

»Was arbeitest du denn?« Ich konnte mir beim besten Willen nicht vorstellen, was jemand auf einem Hausboot machen konnte.

»Ich bin Schriftsteller. Oder Buchautor – wie es heute immer heißt.«

Natürlich. Da hätte ich ja weiß Gott selbst drauf kommen können. »Wirklich? Was schreibst du denn?«

Er nahm einen Schluck, bevor er antwortete. »Krimis. Werden immer gern gekauft.«

»Was denn zum Beispiel? Hab ich vielleicht schon mal was von dir gelesen?«

»Glaube ich nicht. Meine Sachen sind nichts für zarte Mädchenseelen.« Er grinste.

Ich wollte ihm sagen, dass ich keine Mimose war, doch mir fiel nichts Schlagfertiges ein. »Krimis«, sagte ich daher nur. Dann kam mir plötzlich doch noch etwas in den Sinn. Wie hatte ich das vergessen können? Ich war irgendwie völlig von der Rolle.

Aufgeregt beugte ich mich vor. »Du hast gestern gesagt, dass du nicht denkst, dass das Mädchen Selbstmord begangen hat. Warum?«

Er trank einen Schluck. »Es war nur so ein Gedanke, nichts weiter.«

»Wieso?« Ich überlegte, ob ich Leon erzählen sollte, dass David das Mädchen meiner Meinung nach gekannt hatte. Doch da sprach er bereits weiter.

»Ich ...« Er brach wieder ab.

»Was?«

Leon guckte gedankenverloren aus dem Fenster, hinaus auf den See. »Ich bin mir nicht ganz sicher, aber der Taucher da, unser Freund mit dem Gummi-Outfit, der ...« Er holte tief Luft.

»Ich bin mir wie gesagt nicht ganz sicher. Aber meiner Meinung nach ist der vor zwei Tagen hier mit ’nem blonden Mädchen durch den Wald gezogen. Die hatte so komische Hippiehaare.«

»Rastalocken«, flüsterte ich.

»Genau.« Er nickte. »Und eins sag ich dir – besonders glücklich sah die nicht aus.«

11.

Ich zog erschrocken die Luft ein.

»Tut dein Fuß weh?«, fragte Leon. »Du bist ganz schön hart im Nehmen. Meine Kleine würde viel mehr jammern.«

»Nee, mein Fuß ist okay. Es ist nur ... dieser Junge. Der Gedanke, dass der immer da drüben an seinem Feuer hockt und uns beobachtet. Und dass er vielleicht das Mädchen kannte und etwas mit ihr ...«

Ich fing an zu stottern.

Leon nickte. Offenbar dachte er dasselbe wie ich und so wagte ich einen weiteren Vorstoß. »Du hast ja selber gesehen, wie der sich benommen hat. Ganz dicht ist der nicht. Vielleicht sollten wir das der Polizei melden?«

»Mag sein, dass er nicht ganz dicht ist. Aber hast du Beweise, dass er dem Mädchen was getan hat?«

»Natürlich nicht.«

»Dann vergiss es. Die Polizei will immer Beweise. Und außerdem schnüffeln sie dann hier herum. Dürft ihr überhaupt schon alleine Urlaub machen?«

»Ich sehe nur jünger aus«, murmelte ich.

Er lächelte. »Mach dir mal keine Sorgen. Wenn der noch mal ankommt, dann weißt du ja, wo du mich findest. Dann rufst du ganz laut nach mir, ich bin immer hier.«

Und ich bin immer hier für dich, dachte ich unwillkürlich. Warum nur musste er verheiratet sein.

Das Leben war nicht fair.

»Clara?« Melanies Stimme drang auf einmal zu uns herüber. Sie klang beunruhigt und einen Moment lang fühlte ich fast so was wie Genugtuung. Offenbar waren sie zurück und wunderten sich, wo ich war. »Clara, wo bist du denn?«

»… ist sie nicht«, hörte ich Davids Stimme, gedämpft wie aus einem Keller.

Leon und ich wechselten einen komplizenhaften Blick. »Jetzt kriegen sie wohl die Panik, was?«, sagte er. »Wollen wir sie zappeln lassen?« Er zwinkerte mir zu.

Einen Moment lang kam ich fast in Versuchung.

Hier allein mit Leon den Tag verbringen, die Eiswürfel in unseren Gläsern klimpern lassen, später meinen Fuß noch mal von ihm verbinden lassen …

»Lieber nicht«, sagte ich aber dann.

Er stand auf und öffnete ein Fenster. »Sie ist hier. Eure Freundin ist hier bei mir!«, rief er.

»Was?« Ich konnte die Verblüffung in Melanies Stimme hören. Und dann, dass sie bei Leons Anblick sofort in den Flirtmodus wechselte. »Clara ist bei dir? Cool, ich komme gleich rüber!« So einfach ging das bei Melanie. Kein Stammeln, kein Stolpern und wahrscheinlich würde sie die Gummiente gar nicht wahrnehmen oder drauftreten. Die Tatsache, dass Leon verheiratet war, würde sie nur als sportliche Herausforderung sehen.

»Wieso ist die denn dort?«, hörte ich Alex fragen.

»Weil sie dir dein eiskaltes Bier wegtrinkt«, rief Melanie zurück. Das wirkte.

»Oh Mensch«, heulte Alex auf. »Da fahren wir hier in der Hitze durch den Modder und die trinkt ein kühles Pils!«

»Huhu!« Melanie hüpfte jetzt auf Leons Steg. »Hello again. Ich dachte, du wohnst auf dem Campingplatz, dabei sind wir ja Nachbarn, cool.« Sie machte eine kleine Winkbewegung und kam einfach herein.

»Toll hier! Und sogar ein Ventilator. Was macht dein Fuß? Ich hätte lieber bei dir bleiben sollen. Alex hat sie echt nicht mehr alle.« Sie rollte mit den Augen und schien sich überhaupt nicht zu wundern, dass ich hier auf der Couch saß. »Darf ich mal?« Sie nahm sich mein Glas.

»Komm, ich geb dir ein eigenes.« Leon sprang auf und ging in seine kleine Küche. Melanie hielt hinter seinem Rücken den Daumen hoch und riss die Augen auf. »Wow!«, machten ihre Lippen.

Leon kam mit einem Bier für Mellie zurück.

»Wärst du mal lieber dageblieben«, sagte Leon jetzt mit ernster Stimme. »Clara ist überfallen worden.«

»Was?« Melanie fiel fast das Glas aus der Hand.

»Der komische Taucher von da drüben, der kam auf einmal aus dem Wasser raus, direkt vor mir.«

»Und hat an ihrer Hand gezerrt«, sagte Leon.

Das stimmte zwar nicht ganz, aber ich korrigierte ihn nicht. Es klang dramatischer. Melanie sah total schockiert aus.

»Mensch, Clara, echt jetzt? Spinnt der? Was wollte der denn?«

Ich zuckte mit den Schultern und sah sie vielsagend an.

»Na, was wohl«, murmelte Leon.

»Jedenfalls hab ich bald ’nen Herzinfarkt bekommen. Ich konnte ja nicht mal wegrennen, wegen meinem Fuß.«

Melanie saß da wie ein geprügelter Hund. Sie schlug die Hände vors Gesicht. »Tut mir leid. Das tut mir echt so leid. Ach, Clara, ich lass dich nicht mehr allein. Was für ein Freak, also da hätte ich auch Angst gehabt.« Sie senkte die Stimme.

»Irgendwie habe ich mir das hier alles romantischer vorgestellt und nicht so ... so sumpfig und unheimlich.« Sie sah hinaus auf den See, auf dem die Abendsonne gerade mit ihrem blutroten Spiegelbild tanzte. Die Bäume an unserer Seite des Ufers sahen im Gegenlicht aus wie schwarze Skelette. »Alex, der immer bekloppter wird, und dann diese scheiß Mücken ...«

Sie hielt anklagend ihre Arme hoch.

»Na, die armen Mücken können wohl am allerwenigsten dafür«, sagte Leon.

»Aber sie nerven.« Melanie inspizierte einen Mückenstich an ihrem Knie und lenkte damit auch Leons Blick auf ihre makellosen Beine. Ich starrte auf meinen klumpigen Fußverband. Dann erinnerte ich mich plötzlich an das andere seltsame Erlebnis heute.

»Die Leute aus dem weißen Cottage-Boot sind auch ganz komisch«, sagte ich. »Zumindest der Mann. Der ist uralt und hat eine ganz junge Freundin.«

»So komisch klingt das gar nicht«, sagte Leon. Er grinste. Melanie grinste zurück.

»Leons Frau kommt bald. Mit seiner Tochter«, sagte ich. Melanie lächelte etwas schief, hatte sich aber gleich wieder im Griff. »Wie schön.«

Draußen knallte etwas. Unsere Tür.

»Melanie?« Das war Alex.

Melanie rollte genervt mit den Augen. »Ich wünschte echt, ich hätte auf dich gehört und Alex nicht mitgenommen. Der benimmt sich wie die Axt im Wald. Und außerdem ist er schon wieder halb besoffen.«

»Melanie? Was macht ihr denn da drüben?« Er kam jetzt näher.

Leon öffnete die Tür. »Die Mädchen trinken bei mir was. Auf den Schreck.«

Alex starrte ihn an wie eine Vision. Ich konnte sehen, wie es in seinem Kopf arbeitete und er sich wohl fragte, was Leon hier machte.

»Schreck?« Alex lugte an Leon vorbei ins Innere des Hausbootes.

Seine Augen weiteten sich beim Anblick der Einrichtung.

»Clara ist überfallen worden, von diesem Typen da drüben. Ihr könnt doch eure Freundin nicht mit ’nem kranken Fuß alleine lassen.«

»Was? Ich hau dem eine in die Fresse!« Alex stolperte zur Tür herein und ich konnte sehen, dass er schon ganz schön Schlagseite hatte.

»Leon war ja zum Glück da«, murmelte ich.

»Ich habe Clara schon gesagt, dass ihr euch gern an mich wenden könnt, wenn ihr irgendwie Hilfe braucht.« Leon stellte Alex ungefragt ein Bier hin.

»Ey, danke, Mann! Aber ich hätte dem auch eine reingehauen, Clara.«

»Sicher.« Ich warf Melanie einen Blick zu. Ihre Mundwinkel zuckten spöttisch. Sie ignorierte Alex völlig. Vielleicht bestand ja doch noch Hoffnung.

»Wisst ihr was«, sagte Leon. »Ich wollte was zu essen machen, habt ihr nicht auch Hunger? Ich habe genug da.«

»Ja«, sagte Melanie sofort.

»Alles klar, Mann«, sagte Alex. Offenbar hielt er Leon jetzt für seinen neuen Kumpel. Er lümmelte sich auf der Couch, als wäre er hier zu Hause. »David kommt auch gleich rüber.«

»Habt ihr was Neues über das Mädchen erfahren?«, fragte ich. Melanie schüttelte den Kopf. »Aus der Gegend hier war sie jedenfalls nicht, das ist alles, was die Leute wissen.«

»Leon hat sie mit dem Taucher-Typen gesehen.«

»Echt?« Melanie vergaß einen Moment lang ihr Knie. »Was hatte die denn mit dem zu schaffen?«

Dann schien ihr plötzlich ein Licht aufzugehen. »Oh Gott, Clara ... und der wollte dich ins Wasser ziehen?«

»Na ja, nicht direkt«, setzte ich an. Hinter mir ging die Tür auf.

»Ich bin mir auch nicht ganz sicher, ob das wirklich derselbe Junge war«, sagte Leon. Er betrachtete David, der jetzt wortlos hereingekommen war. »Ehrlich gesagt, es kann auch ein ganz anderer Junge gewesen sein. Im Dunkeln sehen sie ja alle ähnlich aus.« Er ließ die Augen nicht von David, als wollte er sehen, wie der reagierte. Was meinte er damit? Ich musste an Chantals Worte denken ...

Täuschte ich mich oder zuckte David zusammen?

Seine Miene blieb kühl und undurchdringlich wie immer. Aber seine Finger, die krallten sich in die Jeans.

12.

»Ist das dein Kind?« Melanie griff nach einem Bilderrahmen, aus dem ein kleines Mädchen mit Zahnlücke
und Rattenschwänzchen herauslachte.

»Ja, meine Tochter. Die ist sechs. Vorsicht!«

»Oh.« Beinahe hätte Melanie das Bild fallen gelassen.
Sie stellte es zurück an seinen Platz, neben das Foto einer hübschen jungen Frau. Diesmal fragte sie allerdings nicht, ob das Leons Frau war. Wozu auch.

»Sollen wir irgendwas zum Essen beisteuern?«, fragte
David.

»David ist nämlich Koch.« Alex flippte eine Zigarette
aus der Schachtel.

»Ach, tatsächlich?« Leon drehte sich interessiert nach
David um. »Dann kann ich ja von dir noch was lernen.«

»Wir haben doch überhaupt nichts, was wir zum Essen beisteuern könnten.« Melanie kicherte wie über einen guten Witz. »Außer Zigaretten und Bier und Rot-
wein und Kartoffelchips.«

»Ich dachte, ihr wolltet was einkaufen?« Was hatten
die nur die ganze Zeit gemacht?

»Es war so heiß. Alex hatte keinen Bock, das alles her-
umzuschleppen. Na ja, und ich auch nicht. Bin doch
nicht seine Dienerin.«

»Reg dich ab. Musst ja auch nicht dauernd essen. Ist wahrscheinlich besser so.« Alex grinste und stieß David an. Doch der stand auf und ging zu Leon.

Schweigend nahm er sich ein Messer und zerhackte rasend schnell eine Gurke.

»Was soll denn das heißen?« Melanie klang beleidigt.

Melanie und Alex waren heute wie Hund und Katze. Ich fragte mich, was da vorgefallen war.

»Na, was wohl. Bisschen Diät könnte dir nicht schaden.«

»Wie bitte?« Melanie sah ihn fassungslos an.

»Du hast es nötig«, sprang ich ihr bei.

»Sind alles Muskeln«, sagte Alex.

»Nichts ist mit Diät.« Leon rührte irgendwas in einer Schüssel. »Hier wird ordentlich was gefuttert. Und Melanie muss nicht abnehmen, die ist genau richtig.«

Alex' Augen verengten sich, aber er sagte nichts. Melanie hingegen lachte gurrend und stand auf.

»Oh, was schreibst du denn da?« Neugierig hielt sie den Packen Blätter hoch.

»Bitte liegen lassen. Das ist alles geordnet.« Leon sah plötzlich ein bisschen verkniffen aus.

»Leon ist Schriftsteller«, sagte ich schnell. »Er schreibt Krimis.«

»Wow!« Melanies Bewunderung war echt. »Das will ich unbedingt mal lesen, wenn es fertig ist.« Sie kicherte wieder. »Kommen wir dann auch drin vor?«

Eine Sekunde lang blitzten Leons Augen amüsiert auf. »Vielleicht«, sagte er. »Kommt ganz drauf an.«

»Ich lese ja nie«, trompetete Alex von seinem Eckplatz aus. »Dafür hab ich gar keine Zeit.«

»Sag bloß«, murmelte ich.

»Hm?« Alex sah mich fragend an. Ironie perlte an ihm ab wie Regen an einer Wachsjacke.

»Worum geht's denn in deinem Buch?«, fragte David.

»Na, worum es immer in einem Krimi geht.« Leon streute Salz auf ein paar dunkelrote Steaks. »Um Mord.«

»Auf welche Art?« David ließ nicht locker. Fast, als ob er Leon herausfordern wollte.

»Das werde ich dir wohl kaum erzählen. Dann ist es ja nicht mehr spannend. Vorfreude ist die schönste Freude.« Leon lachte.

»Ich wollte auch mal ein Buch schreiben«, sagte Melanie.

Ich verschluckte mich fast. Seit wann denn das?

»Aber dann hat's doch nur zum Tagebuch gereicht.«

»Das ist bestimmt auch interessant zu lesen.« Leon zwinkerte ihr zu.

»Tagebuch schreib ich auch nicht«, bemerkte Alex.

»Brauch ich nicht. Ich merk mir auch so alles, was passiert.«

Es zischte. Leon hatte die Steaks in die Pfanne geschmissen und im Nu war der Raum voller Bratgeruch.

Leon riss die Tür auf. »Wollt ihr euch draußen hinsetzen? Da ist so ein Klapptisch.«

Wir drängten uns auf das kleine Deck von Leons Hausboot. Melanie zündete eine Zitronenkerze an, die dort auf dem Tisch stand und offenbar die Mücken abwehren sollte. Jetzt wurde es richtig gemütlich. Mein Fuß hatte aufgehört, schmerzhaft zu puckern, Alex hielt die Klappe, Melanie brachte mir ein Glas Wein von Leon und zeigte mir die Fotos, die sie heute mit ihrem Handy gemacht hatte. Hauptsächlich Aufnahmen von sich selbst, die sie dann mit Filtern schwarz-weiß oder neonbunt gestylt hatte. Aus Leons Küche roch es lecker und es

erklang leise elektronische Musik.

»Ahhhh.« Alex streckte sich wohlig. Er blinzelte.

Dann pfiff er plötzlich laut und anerkennend.

Ich beugte mich vor. Auf der rechten Seite des Sees von uns aus gesehen war die junge Frau aus dem weißen Cottage-Boot getreten. Von Leons Hausboot aus konnte man sie noch besser erkennen.

Diesmal trug sie ein kurzes schwarzes Kleidchen, als wolle sie zum Konzert, ein Weinglas in der Hand. Ein Qualmwölkchen stieg auf. Durfte sie nicht im Inneren des Bootes rauchen?

»Das ist die Freundin von dem Alten«, sagte ich leise. »Die wollte ich heute fotografieren, da ist der fast durchgedreht.«

»Prost«, brüllte Alex plötzlich. Die Frau zuckte zusammen und trat sofort in den Schutz des Hinterdecks zurück.

»Hör auf!«, zischte ich. Ich konnte sehen, wie sich Melanies Gesicht verdunkelte. Aus Eifersucht? Wohl kaum. Eher, weil Alex so peinlich war.

»Wieso?«, fragte er. »Melanie flirtet doch auch die ganze Zeit mit dem Typen hier rum, da darf ich ja wohl auch mal ein bisschen Spaß haben.«

»Der Typ heißt Leon und ist außerdem verheiratet, schon vergessen?«, sagte Melanie.

»Ach nee.« Alex lachte meckernd. »So wie der dich anglotzt, hat er nichts gegen 'nen kleinen Seitensprung.«

»Du bist unmöglich.« Melanie drückte wütend ihre Zigarette in einem sandgefüllten Becher aus. »Er ist total nett zu uns, kocht für uns, hilft Clara, du säufst sein Bier weg und dann erzählst du so einen Mist!«

Die Tür ging auf und Leon und David brachten einen Teller voller Steaks, ein paar Butterbrote und Gurkensalat raus.

»Wieder was gelernt«, sagte Leon gut gelaunt. »Fleisch muss richtig trocken sein, sonst wird es nicht braun beim Anbraten.«

»Lecker!« Alex vergaß beim Anblick der Steaks Melanie und die rauchende Unbekannte.

»Ich hab auch was gelernt«, sagte David.

»Leute, da ist er wieder!«

Wir drehten uns um. Alex deutete mit einem Stück Gurke nach vorn auf die gegenüberliegende Seite des Sees. Tatsächlich. Dort neben dem Zelt brannte jetzt wieder ein Lagerfeuer. Eine dunkle Gestalt hockte davor.

»Wie der da sitzt. Wie das eklige Viech aus dem Herrn der Ringe«, sagte Melanie atemlos. »Wie hieß das doch gleich, dieser ...«

»Gollum«, sagte David.

»Genau.«

»Der soll bloß herkommen!« Alex schnippte seine Kippe ins Wasser.

»Mann, hier ist ein Aschenbecher«, sagte Melanie.

»Wir wollen schließlich noch da drin baden«.

»Also ich nicht. Ich bade nicht in Entenscheiße.«

Alex setzte sich an den Tisch und legte sich das größte Steak auf den Teller. Ich konnte sehen, wie es in Melanie brodelte, und ehrlich – ich hätte Alex in diesem Moment am liebsten in den See geschmissen. Rein in die Entenscheiße. Melanie sah mich an.

Ich zog die Augenbrauen hoch. Sah zu David. Der hielt sein Handy wie einen Rettungsanker in der Hand, obwohl das Ding doch mittlerweile total verstummt war und ihn niemand mehr mit Nachrichten bombardierte.

»Was ist denn?«, fragte Alex mit vollem Mund. »Setz dich doch hin, Alter. Wird sonst kalt. Kochehre und so weiter.«

»Fangt an«, sagte jetzt auch Leon. Er klang vergnügt, als wäre nichts geschehen. Fast, als ob er sich wieder über uns amüsierte.

Ich schnitt mir ein Stück von meinem Steak ab.

Rote Flüssigkeit trat heraus und lief auf den Teller und ich brachte es nicht fertig, das Stück in den Mund zu schieben. Sofort hatte ich die Szene von heute Morgen vor Augen und wie auf Befehl fing mein Fuß an wehzutun.

»Und, was hast du gelernt?«, fragte ich David. Hatte er nicht eben so etwas gesagt? Ich musste mich ablenken.

»Dass es tatsächlich noch Autoren gibt, die alles mit der Hand schreiben«, sagte David. »Ich dachte, heutzutage hätte jeder einen Rechner.«

Leon lächelte, immer noch so amüsiert. »Ich bin eben altmodisch. Außerdem will ich mich nicht von irgendwas abhängig machen. Computerviren, Systemabsturz, Strom ...«

»Eben«, sagte Alex kauend. »In unserer Hütte gibt's nicht mal Strom. Das hält kein Schwein aus.«

»Ich finde, altmodisch zu sein hat was. Das ist doch sexy.« Melanie hob ihr Glas hoch. Es sah aus, als wolle sie mit Leon anstoßen. Alex hörte auf zu kauen. Ich fand, dass sie sich jetzt mal ein bisschen zusammenreißen könnte. Alex war bescheuert, gar keine Frage, aber musste sie sich so an Leon ranschmeißen? Ich blickte auf den See hinaus.

Auf dem dunklen Wasser schwamm eine einsame rote Seerose. Oder? Die Sonne war jetzt fast weg. Ich blinzelte. Wieder tauchte so ein roter Punkt auf. Und noch einer. Das waren keine Seerosen. Da war etwas Größeres im Wasser. In der Nähe vom Schilf bei unserem Bootssteg. Wo kam das auf einmal her? Aus der Richtung des Jungen am Feuer? Es schwamm geradewegs auf Tante Lenas Hausboot zu.

»Du bist doch die Erste, die nach Strom schreit«, sagte Alex gerade.

Was war dort? Ich kniff die Augen zusammen, als ob ich so besser sehen könnte.

»Ist was?«, fragte David. Er beobachtete mich.

Ich schüttelte den Kopf. Ließ meine Haare wie einen Vorhang runterfallen, damit niemand mein Gesicht sah. Mein Herz raste. Aber David war der Letzte, dem ich sagen würde, was da im Wasser schwamm.

Gemütlich auf das Schilf vor unserem Steg zutrieb.

Eine schwarze Tasche mit kleinen roten Monstern darauf.

13.

Der restliche Abend war irgendwie an mir vorbeige-
rauscht. Ich hatte Davids prüfende Blicke auf mir ge-
spürt, aber wie immer hatte er nichts gesagt und ich
wusste nicht, ob er die Tasche auch gesehen hatte. Oder
bereits gewusst hatte, dass die Tasche hier irgendwo
herumschwamm? Bei diesem Gedanken war mir ganz
übel geworden und ich hatte keinen Bissen mehr her-
unterbekommen. Die ganze Zeit hatte ich versucht, Melanie zu signalisieren, dass ich mit ihr reden wollte,
aber sie hatte dagesessen wie festgeklebt, hatte immer
lauter gelacht und immer heftiger mit Leon geflirtet,
was mich zusätzlich genervt hatte, bis schließlich eine
Weinflasche umgefallen war und sich über ihr T-Shirt
ergossen hatte. Wahrscheinlich hätte sie sich auch
noch einen Pullover von Leon geborgt, aber zum Glück
war Alex abgefüllt bis oben hin und von David überredet worden, endlich zu gehen. So hatten wir uns auf unseren kurzen Heimweg gemacht, wobei ich mit zusam-
mengebissenen Zähnen hinter Melanie und Alex her-
gehumpelt war, langsam und voller Angst, im Dunkeln
hinzufallen. Begleitet wurde das Ganze von dem hefti-
gen Wortgefecht der beiden und von Davids gelegentli-
chem »Pass auf, da ist 'ne Wurzel«.

Wir stolperten jetzt zurück auf unser Hausboot.

"

Mittlerweile war finsterste Nacht. Das Feuer des Tauchers konnte ich nicht mehr erkennen und auch bei dem mysteriösen Paar im weißen Boot glimmte nur noch ein kleines Lämpchen. Melanie und Alex stürmten sofort ins Innere unseres Bootes.

»Sekunde«, brabbelte Alex. »Muss mal ein Wörtchen mit der reden.« Er knallte mir die Tür vor der Nase zu. David stand auf unserem Mini-Deck und starrte auf das Wasser. Der Rauch seiner Zigarette bildete mit einem kleinen Mückenschwarm eine Art Heiligenschein über seinem Kopf.

Weil es so dunkel war, konnte ich nicht mehr sehen, ob die Tasche noch da unten im Schilf hing.

»Ist da irgendwas?«, fragte ich David mit dünner Stimme.

»Dunkles Wasser.«

Typisch David. Bloß kein Wort zu viel. Warum haute er nicht ab und ging rein? Dann könnte ich nachsehen, ob die Tasche noch dort unten festhing.

»Warum gehst du nicht rein?«

»Ich rauch noch auf.« Er sah mich nicht an, sondern starrte hinunter ins Wasser. »Geh du mal ins Bett.«

Es war offensichtlich, dass er mich loswerden wollte. Geh du mal ins Bett, kleines Dummchen. Plötzlich wurde ich wütend, und ehe ich mich bremsen konnte, rutschte es mir heraus: »Suchst du vielleicht die Tasche mit den kleinen roten Monstern?«

War er zusammengezuckt? Schwer zu sagen. Das Glimmen seiner Zigarette war so ziemlich das Einzige, was ich sehen konnte. Dann hörte ich ihn wieder. Seine Stimme klang höhnisch. »Was für 'ne Tasche?«

»Glaubst du, ich bin bescheuert? Du hast sie doch auch gesehen!« Ich flüsterte, obwohl ich am liebsten gebrüllt hätte. Drüben bei Leon war gerade eine Tür aufgegangen.

Schritte. David kam auf mich zu, stand jetzt vor mir und blies mir seinen Rauch ins Gesicht. Er grinste. Fand er das lustig? Offenbar nicht, denn schon in der nächsten Sekunde, bei seiner Antwort, bekam ich Gänsehaut.

»Nee«, antwortete er nämlich ebenso leise. »Ich weiß nicht, wovon du redest. Und ich würde dir dringend raten, deinen Mund zu halten und keine Gerüchte zu verbreiten. Sonst garantiere ich nämlich für nichts.«

Wollte er mir etwa drohen? Ich schob ihn wortlos zur Seite. Dann ging ich rein.

14.

Ich konnte nicht einschlafen. Wie auch, wenn keine zwei Meter entfernt von mir jemand lag, der definitiv etwas mit dem toten Mädchen zu tun hatte. Vor einer halben Stunde war David hereingekommen, hatte noch ewig herumgekramt, gehustet und geraschelt. Mich komplett ignoriert. Was hatte er gemeint mit: Ich garantiere für nichts? Und wie kam er dazu, mir zu unterstellen, ich würde Gerüchte verbreiten? Ich wusste genau, was ich gesehen hatte. Ein blondes Mädchen mit dieser Tasche, das ununterbrochen in Davids Nähe auftauchte. Das plötzlich tot war. Entsetzlich anzusehen war. David, der abstritt, dass er sie gekannt hatte. War David der Typ, der laut Chantal das Mädchen »weggeschubst« hatte? Ins Wasser geschubst hatte? Dann ihre Tasche, die hier angeschwommen kam. Also musste das Mädchen doch hier gewesen sein, oder? Die Tasche würde ja wohl kaum über ein endlos verzweigtes Kanalsystem zu unserem abgelegenen See treiben. Und wieder stritt David ab, dass er davon was wusste. Was sollte ich nur machen?

Nach einer Weile schlief David ein oder tat zumindest so. Aus dem Schlafzimmer von Melanie und Alex erklang noch eine Weile lang heftiges Streiten, dann war endlich Ruhe. Die allnächtliche Versöhnung blieb heute allerdings aus. Gott sei Dank.

Vielleicht nahm sie ja bald Vernunft an und gab ihm den Laufpass. Was um alles in der Welt sie überhaupt mal an Alex gefunden hatte, blieb mir ein Rätsel. Wir standen einfach auf völlig unterschiedliche Typen, schon immer. Bis auf ... Ich biss mir auf die Lippe. Bis auf Leon, auch wenn ich das nie vor Melanie zugegeben hätte. Aber zwischen ihm und unseren kindischen Mitbewohnern lagen wirklich Welten. Ach, Leon. Der lag jetzt da drüben alleine in seinem Bett und morgen oder übermorgen würde seine wunderhübsche Frau kommen und sich im Bikini auf dem Bootssteg rekeln. Ich starrte in die Dunkelheit, lauschte den schnorchelnden Atemzügen von David und wälzte mich auf der klumpigen Couch hin und her. Dabei knallte ich mit meiner verbundenen Zehe an die Kante und stöhnte auf.

Es tat gleich wieder wahnsinnig weh und jetzt konnte ich erst recht nicht mehr einschlafen. Meine Gedanken kreiselten um Leon, um David, um das tote Mädchen und ihre Tasche und zum Schluss war alles, woran ich denken konnte, diese wächserne Haut und die filzigen nassen Haare. Verdammt. Ich musste mich zwingen, an etwas Schönes zu denken, sonst bekam ich noch Albträume. An den Apfelkuchen meiner Oma, an unseren Urlaub in Mexiko vor zwei Jahren, wo ich mit Delfinen schwimmen konnte, an Josh aus der Zwölften, der Drummer bei den »Evil Heads« war und mir mal zugezwinkert hatte.

An ...

»Clara?«

Ich drehte meinen Kopf weg. Was sollte das?

Ein Kichern. »Clara, los, komm, wir gehen baden!«

»Was?« Schlaftrunken richtete ich mich auf. Melanie stand vor mir. Im Bikini. »Was willst du?«

»Baden gehen, los, komm! Leon schwimmt auch schon draußen. Aber mach nicht so laut, Alex pennt noch.«

Ich schielte auf meine Uhr. Es war gerade mal acht. Seit wann stand Melanie so zeitig auf? »Seit wann stehst du so früh auf?«

Sie zupfte sich das Bikini-Oberteil zurecht. »Warum denn nicht? Ist doch ein schöner Morgen. Was ist jetzt? Kommst du mit?«

»Ich bin müde. Konnte die ganze Nacht nicht schlafen. Ich hab jetzt echt keinen Bock auf kaltes Wasser. Außerdem habe ich noch meinen Fußverband dran, schon vergessen?«

»Ach ja. Na dann. Muss ich wohl alleine gehen.«

Ehrlich gesagt sah sie nicht sonderlich unglücklich darüber aus. Sie blickte an sich hinunter. »Kann ich so vor die Tür?«

»Na, wie denn sonst?«

»Ich meine, sieht man was? Ich hab mir meine Beine nicht rasiert.«

»Deine Beine sehen doch nur die Fische.« Langsam nervte sie mich. Außerdem war sonnenklar, für wen sie das hier aufführte.

»Er ist verheiratet, vergiss das nicht«, sagte ich wütend, dann wickelte ich mir mein Kissen um den Kopf, um alle Geräusche um mich herum auszuschalten.

Melanie antwortete leise etwas, das ich nicht mehr verstand, und dann ging sie endlich. Trotz Kissen konnte ich es wenig später platschen und kreischen hören. »Ist das kalt!« Und dann: »Uh, was ist denn das?«

Schlagartig war ich wach. Die Tasche. Hatte Melanie sie etwa gefunden? Ich stand vorsichtig auf.

Meine Zehe puckerte immer noch schmerzhaft, als ob ich im Schlaf mehrmals irgendwo gegengestoßen war. Ich warf einen Blick durch die trüben Scheiben nach draußen, konnte aber nichts erkennen. Also gut. Schlafen konnte ich sowieso nicht mehr bei dem Gequieke. Das konnten nur Typen wie Alex, die ihren Rausch auspennten.

Draußen war es angenehm warm und die Luft wunderbar frisch, besonders nach unserer miefigen Behausung. Melanie hatte recht. Es war ein herrlicher Morgen. Wo war sie? Da! Mit hochgerecktem Schwanenhals schwamm sie ein paar umständliche Züge. Damit ihr Make-up nicht verschmierte. Gerade hielt sie ein schlieriges grünes Gewächs hoch in die Luft.

Das hatte sie entdeckt, nicht die Tasche. Ein paar Meter weit entfernt kraulte Leon seine Bahnen, genau wie gestern.

»Na los, tauch unter«, rief er ihr zu.

»Lieber nicht. Ich bin nicht so gut im Schwimmen.« Sie lachte.

»Also kein Wettschwimmen?«

»Kannst du vergessen.«

»Na los, komm. Ich mach auch langsam.«

»Dann ist es ja kein Wettschwimmen mehr.« Wieder das alberne Lachen. Sie hatte mich noch gar nicht bemerkt. Kurzentschlossen ging ich an den Rand des Steges, kniete mich vorsichtig hin und sah runter. Irgendwo hier musste gestern die Tasche gehangen haben, wahrscheinlich da unten bei den Schilfrohren. Jetzt war nichts mehr zu sehen.

»He, Clara ist ja auch da!«

Ich sah hoch. Leon deutete ein Winken an.

»Hallo«, rief ich zurück. »Ist es kalt?«

Leon schüttelte den Kopf und tauchte prustend unter.

»Saukalt«, rief Melanie. Sie war bereits auf dem Weg zurück zu unserem Hausboot. »Kommst du doch rein?«

»Lieber nicht. Mein Zeh ... Weiß nicht, ob das so eine gute Idee ist.«

Melanie kletterte die kleine Leiter hoch zu unserem Deck. Sie zitterte. »Mann, ist das kalt. Gib mir mal mein Handtuch.«

Ich reichte es ihr und beobachtete Leon, der unverdrossen weiterschwamm. »Der ist ganz schön fit«, sagte ich.

»Der ist ja auch nicht so verkatert wie gewisse andere Leute.« Sie schnaubte verächtlich und schüttelte ihre Haare, obwohl die gar nicht nass geworden waren.

»Was ist denn nun mit dir und Alex? Habt ihr Schluss gemacht?« Ich schaffte es kaum, meiner Frage den hoffnungsvollen Beiklang zu nehmen.

»Nee.« Sie breitete ihr Handtuch aus und legte sich auf den Bauch, so, dass sie weiter Leon betrachten konnte, der mittlerweile bestimmt schon die vierzigste Bahn schwamm. »Irgendwie tut er mir ja auch leid. Er ist halt manchmal ein bisschen eifersüchtig. Aber das ist ja nur ein Zeichen, wie sehr er mich liebt.«

Ich glaubte, mich verhört zu haben. »Also bleibst du aus Mitleid mit ihm zusammen?«

»Quatsch.« Sie kaute auf einer Haarsträhne herum.

»Ist doch jetzt egal.« Dann rekelte sie sich plötzlich auf den Rücken. Ich konnte sehen, dass sie den Bauch einzog. Leon schwamm gerade zu seinem Hausboot zurück. Er sah zu uns herüber und in dem Moment fiel mir ein, dass ich mir noch nicht mal die Haare gekämmt hatte.

»Hast du Lust auf 'nen Kaffee, Melanie?«, rief er.

Sie stützte sich auf ihren Ellenbogen auf und streckte dabei unauffällig die Brust vor. »Klar«, rief sie.

Kaffee nur für Melanie? Und was sollte dieses penetrante Geflirte? Von Melanie war ich ja nichts anderes gewohnt, aber dass Leon das Spielchen mitmachte, fand ich echt daneben.

»Wann kommt eigentlich deine Frau mit deiner Tochter?«, rief ich ihm zu. Sein Lächeln wurde ein bisschen säuerlich. Das freute mich.

»Bald«, rief er. Ich beschloss, wieder reinzugehen. Ganz offensichtlich war ich hier überflüssig. Und außerdem – wenn David die Tasche gestern Nacht aus dem Wasser gezogen hatte, dann musste sie ja irgendwo in unserem Zimmer sein.

15.

David schlief mit offenem Mund. Es war dämmrig hier drin, weil wir die hässlichen Vorhänge nachts zuzogen, aber ich hatte genug Licht. Ich beschloss, systematisch vorzugehen. Als Allererstes knöpfte ich mir die Ecke vor, in die er all seine Sachen geschmissen hatte. Ein Haufen Klamotten, garniert mit einer einsamen Sandale. Ich schaute vorsichtig darunter.

Nichts. Sein Rucksack, achtlos auf den Boden gepfeffert, darin ein muffiges Handtuch, ein angebissener Proteinriegel, eine Tube Zahncreme. Noch ein paar Schuhe auf dem Boden. Nichts. Ich tastete unter das Sofa, guckte in den kleinen Schrank mit den Küchenutensilien, durchwühlte sogar meine eigenen Sachen, in der absurden Hoffnung, dass er die Tasche vielleicht dort versteckt hatte. Ich untersuchte jeden Zentimeter des verdammten kleinen Raumes und war schon kurz davor, David zur Seite zu rollen, um unter seinen Schlafsack zu gucken – vielleicht schlief er ja auf der Tasche –, da machte er plötzlich die Augen auf. Ich erstarrte.

»Wer is'n das?«, fragte er.

»Was?«, stammelte ich. Erkannte er mich nicht? Schlief er weiter, mit offenen Augen?

»Draußen, hör doch mal.«

Ich lauschte, zu verdattert, um etwas zu sagen.

Dann hörte ich es. Eine tiefe Männerstimme. Und Melanies Stimme, die irgendetwas antwortete. Das war nicht Leon. Mit wem redete sie da? Ich zuckte ratlos mit den Schultern.

»Sag denen, sie sollen nicht so laut sein«, brummte David und wühlte sich wieder in seinen Schlafsack.

Ich stand auf und ging raus, froh darüber, dass er offenbar nichts von meiner Suchaktion mitbekommen hatte. Draußen stand Melanie auf dem Steg und redete mit einem Mann in einem Paddelboot.

Ich trat verwundert näher.

»Na?«, rief der Mann mir zu. »Guten Morgen. Kommt ihr klar?«

Ich rätselte herum, wer das war und was er wollte.

Irgendwie kam er mir bekannt vor. Natürlich. Das war der Typ vom Wasserbus. Der uns am ersten Tag weiter vorn abgesetzt hatte. Heute war das Tuch um seinen Hals weiß, mit kleinen, blauen Ankern darauf.

»Hallo«, sagte ich lahm.

»Er will hier angeln«, erklärte Melanie.

»Mach ich am Wochenende gern mal«, sagte der Mann und hob eine Angel hoch. »Normalerweise nicht im Lausensee, aber als ich euch neulich hier abgeliefert habe, da dachte ich – warum nicht? Vielleicht gibt's hier ja einen guten Fang zu machen.«

Irgendwie kam es mir vor, als ob er dabei Melanie anstarrte, die im Bikini auf dem morschen Steg herumstolzierte, als wäre sie auf einem Laufsteg in Paris. Aber vielleicht bildete ich mir das auch nur ein, weil ich neidisch war, dass Leon mich gar nicht richtig wahrnahm.

»Was für Fische gibt es hier denn?«, fragte ich.

»Haie«, sagte der Mann und lachte polternd. Wir lachten höflich mit. Melanie warf mir einen schnellen Blick zu und verdrehte die Augen.

»Nee«, erklärte der Mann und hustete. »Vielleicht Aale. Oder Schleie. Wenn ich Glück hab. Also dann.«

Er hob kurz die Hand hoch und ruderte dann in die Mitte des Sees, wo er sich offenbar häuslich niederlassen wollte. Der Gedanke, dass einem in diesem See glitschige Aale um die Beine schwammen, war irgendwie eklig. Und ernährten sich Aale nicht auch von Leichen? Ich schüttelte mich unwillkürlich.

»Wo ist Leon?«, fragte ich Melanie. »Ich dachte, ihr wolltet gemütlich Kaffee trinken?«

»Der wollte auf einmal doch nicht mehr. Er muss was schreiben, hat er gesagt. Wir sollen ihn nicht stören.«

Ich sah zu Leons Hausboot. Das sah aus wie ausgestorben, alle Türen waren zu, als ob gar keiner dort wohnte. Klar, er brauchte Ruhe fürs Schreiben.

Wahrscheinlich gingen wir ihm auf die Nerven. Der Wasserbusmann saß in der Mitte des Sees wie eine Statue und sah ab und zu zu uns herüber.

»Hoffentlich haut der bald ab«, sagte Melanie.

»Der geht mir ja jetzt schon auf den Geist. Da traut man sich gar nicht, ins Wasser zu springen.« Missmutig legte sie sich wieder hin, dann sah sie plötzlich hoch. »Guck mal. Der Alte glotzt rüber.«

Erst dachte ich, sie meinte den Wassertaxitypen, aber dann sah ich ihn. Den Mann aus dem weißen Cottageboot. Er stand auf seiner kleinen Veranda wie Krösus, die Arme aufgestützt, und starrte zu uns herüber.

»Huhu!«, rief Melanie. Sie winkte ihm spöttisch zu.

»Hör auf, Mann! Du bist unmöglich.«

Der Mann starrte weiter zu uns, ohne sich zu rühren.

»Ach was. So ’n alter Spanner«, sagte Melanie. »Dabei hat er doch seine eigene Tussi mitgebracht.«

Dann fiel ihr etwas ein. »Hast du nicht gesagt, der kann es nicht leiden, wenn er fotografiert wird? Gib mir mal mein Handy, das liegt neben dir.«

»Mellie, lass das.«

»Wieso, das ist doch lustig.« Sie schnappte sich das Handy und hielt es demonstrativ hoch, als ob sie ein Foto schoss. Der Mann senkte den Kopf wie ein Stier vor dem Angriff. Dann ging er plötzlich wieder rein.

Die Tür knallte hinter ihm zu.

»Netter Typ, was?«, rief Melanie dem Wassertaxitypen zu. Der hielt die Hand ans Ohr. Dann schüttelte er den Kopf. »Nee, hat noch nichts angebissen«, rief er zurück.

Wir prusteten los. Bis jemand hinter uns röhrend die Nase hochzog und direkt neben mir ausspuckte.

Alex war erwacht.

16.

»Na?«, sagte er zur Begrüßung. »Wo bleibt denn das Frühstück?«

»Kannst du dir selber machen«, erwiderte Melanie. »Wenn du was findest.«

»Warum rennst du nicht rüber zu Meister Leon und holst frische Brötchen?« Alex wollte offenbar da weitermachen, wo sie gestern Abend aufgehört hatten.

»Warum gehst du nicht?«, gab sie zurück.

»Weil ich keinen Bikini anhabe und nicht so schön mit dem Hintern wackeln kann.«

»Du bist bescheuert.«

»Leon arbeitet«, sagte ich schnell. Meine Güte, der Tag fing ja schon reizend an. Konnte nur noch besser werden. Wenn Alex und David endlich abhauen würden ... »Der will nicht gestört werden.«

Alex grunzte etwas Undeutliches. Dann fiel sein Blick auf den Mann im Boot. »Wer ist der Kasper?«

»Der Mann, der den Wasserbus fährt.«

»Und was macht der da?«

Weder Melanie noch ich hielten es für nötig, auf diese Frage zu antworten. Außerdem kam David auch gerade raus. Er brachte zumindest ein genuscheltes »Morgen« zustande.

Melanie stand auf und zog dabei das Bändchen ihrer Bikinihose zurecht. Der Mann im Boot drehte wie ferngesteuert den Kopf in unsere Richtung und wahrscheinlich beobachtete auch der Typ aus dem weißen Boot bei Spiegelei und Kaffee, wie Melanie geziert einen Fuß in das Wasser steckte, »Huch« rief und dann ihre Haare auf dem Kopf zusammenzwirbelte, als ob sie vorhatte, den See gleich im Schmetterlingsstil zu durchschwimmen.

»Machst du mal ein Foto, Clara?«, fragte sie, ohne sich umzudrehen.

»Mein Akku ist fast leer.«

»Dann nimm mein Handy.« Sie stellte sich in Pose, doch plötzlich wedelte sie heftig mit der Hand.

»Nein, warte, nicht hier. Da hinten. Da, wo die Zweige so gruslig ins Wasser hängen.«

»Kommt man da überhaupt hin?« Ich sah misstrauisch zu dem überwachsenen Pfad.

»Klar, los, komm! Wir haben überhaupt noch keine geilen Fotos gemacht.« Sie zog mich hoch, hielt meine Hand, damit ich nicht so humpeln musste.

»Wo wollt ihr hin?«, rief Alex. Er sah uns argwöhnisch hinterher. »Wir wollten doch in die Stadt paddeln.«

»Jetzt nicht«, rief Melanie zurück. Sie kicherte. Ich blickte kurz über die Schulter und sah Alex, der mit hängenden Schultern dastand und zwischen Empörung und Unverständnis schwankte, und Davids unbeteiligte Miene. In diesem Moment fühlte ich mich das erste Mal seit unserer Ankunft richtig befreit.

Nur Melanie und ich, die Unsinn machen und quatschen würden, ohne die blöden Jungs im Nacken. Ich war so glücklich, dass ich meinen Humpelfuß und selbst die verschwundene Tasche und Melanies penetrantes Rumgeflirte einen Moment lang ganz vergaß.

Melanie hatte recht. Die langen Zweige waren die perfekte Goth-Kulisse.

»Pass auf, ich hänge mich hier an die Zweige mit den Beinen ins Wasser, als ob mich einer reinzieht«, bestimmte Melanie. Und das tat sie auch. Ich prustete los. Es sah zum Schießen aus, als ob eine unsichtbare Macht sie in den Sumpf zog.

»Jetzt du«, meinte sie. »Tu so, als ob du aus dem Baumstumpf da rauswächst.«

Ich kletterte vorsichtig hinter einen riesigen Baumstumpf und ließ nur meinen Kopf aus der Mitte herausragen.

Melanie kreischte vor Begeisterung. »Jetzt da, bei dem Baum, der so ein Gesicht hat.« Sie rannte los. Es war herrlich. Wir knipsten Fotos von Melanie als Wasserelfe und von mir hinter einem Schleier von grünen Weidenzweigen, Fotos von Melanies Gesicht zwischen Seerosen und von uns beiden mit diesen albernen Sonnenbrillen, die wir extra für den Urlaub gekauft und noch nicht ein einziges Mal aufgesetzt hatten. Dann ließen wir uns lachend ins Gras fallen.

Von den Hausbooten her war nichts zu hören.

»Schick mir die Fotos bitte alle«, bat ich. »Ich hab jetzt gar keine gemacht. Ein Mist mit dem Strom hier.«

»Kannst du doch bei Leon aufladen«, sagte Melanie.

Natürlich. Warum war ich da wieder mal nicht selbst drauf gekommen? Das würde ich gleich tun, er hätte bestimmt nichts dagegen. Ich rutschte ein Stück zur Seite, weil mir ein Steinchen in den Rücken pikste. Der Stein war immer noch da. Seufzend richtete ich mich auf und klaubte ihn aus dem Gras.

Ich wollte ihn gerade wegschmeißen, als ich aus den Augenwinkeln seine seltsame Farbe wahrnahm. Azurblau. Mit kleinen Löchern in der Mitte. Dort war er an einer Kette befestigt gewesen.

Eine Kette, die ich zuletzt am Hals eines toten Mädchens gesehen hatte.

Ich ließ den Stein fallen, als ob er glühte. Meine unbeschwerte Stimmung war schlagartig verflogen.

Das Mädchen war hier gewesen, jetzt gab es für mich keinen Zweifel mehr.

Als wir zum Hausboot zurückkamen, waren Alex und David nirgendwo zu sehen. Der Angler war ebenfalls verschwunden und eines unserer Paddelboote war auch weg. Alex und David waren wohl tatsächlich in die Stadt gefahren. Ein Nachmittag ohne Bier war offenbar unvorstellbar. Überall an den Kanälen befanden sich kleine Cafés und Kneipen, in die man einkchren konnte. Manchmal standen die Leute direkt am Wasser und verkauften kalte Getränke, Kaffee, Eis oder saure Gurken direkt in die Boote hinein. Man musste nicht mal aufstehen und aussteigen. Man konnte sich das Bier mehr oder weniger von oben in den Mund kippen lassen, wie im Schlaraffenland.

Gut. Endlich konnte ich mit Melanie Klartext reden.

»Weißt du, was ich hier habe?«, begann ich. Den Stein hatte ich doch wieder aufgehoben und in die Taschen meiner Shorts gesteckt. Überraschung für David. Jetzt holte ich ihn heraus und hielt ihn Melanie hin.

»Hm?«, machte sie träge.

»Der Stein stammt von der Halskette des toten Mädchens. Habe ich eben im Wald gefunden, wo wir waren.«

»Wie meinst du das jetzt?«

Ungeduldig hob ich den Stein höher. »Da! Die hatte so eine Kette um, mit genau solchen Steinen dran, und einen davon habe ich eben hier gefunden!«

»Na und? Weißt du, wie viel Krempel hier überall rumliegt? Woher willst du wissen, dass der von ihrer Kette stammt?«

»Weil das nicht alles ist. Gestern kam hier was im Wasser angeschwommen.«

Sie seufzte übertrieben geduldig. »Und was?«

»Die Tasche des toten Mädchens.«

»Wie jetzt?« Verwirrt sah sie mich an.

»Gestern Abend. David hat sie auch gesehen, obwohl er es abgestritten hat. Und jetzt ist sie weg, David muss sie irgendwo versteckt haben.«

»Spinnst du? Was für eine Tasche?«

»Mellie, ich hab's genau gesehen. Ich kann sie nicht finden, hab schon überall geguckt. Wenn ich sie auftreibe, kann ich es dir beweisen.« Plötzlich kam mir eine Idee. »Kannst du mal unter den Steg tauchen? Vielleicht klemmt sie ja da oder er hat sie dort versteckt.«

Jetzt lachte Melanie. »Clara, nee, komm. Ich tauche doch nicht da runter. Weißt du, wie viel grünes Schleimzeug da hängt? Und meine Wimperntusche? Und nur wegen irgendeiner Tasche, die da vielleicht gar nicht ist? Wie kommst du überhaupt darauf?«

»Weil ich sie gesehen habe. An dem toten Mädchen. Das heißt natürlich, als sie noch gelebt hat.«

Ich verhaspelte mich. Irgendwie konnte ich nicht so richtig erklären, was ich meinte. Drüben bei Leon klappte jetzt die Tür auf. Ein Stuhl scharrte. Wie es aussah, machte er es sich auf dem Deck zum See hin bequem. Melanie reckte den Hals. »Ach Quatsch«, sagte sie abwesend. »Das war bestimmt irgend 'ne andere Tasche. Du hast doch selbst gehört, dass die Leute ihren Müll hier überall hinschmeißen.«

»Nein, ich sag's dir ...«

»Leon!«

Sie hörte mir gar nicht mehr zu. Sie stand auf, damit er ja keinen Zweifel hatte, wer hier nach ihm rief, und wedelte mit der Hand. »Bist du fertig mit deinem Buch?«

»Noch nicht«, kam es zurück.

»Ach so.« Sie klang enttäuscht.

»Mellie, tauch doch bitte mal da runter, ich würde es ja selber machen, aber ich trau mich nicht so richtig in das trübe Wasser mit meinem Verband.«

»Ich tauch da jetzt nicht hin! Ich kann überhaupt nicht tauchen.« Sie klang gereizt. »Ich geh baden.«

Damit kletterte sie unter großem Tamtam die kleine Leiter hinunter und ließ sich in den See gleiten.

Sofort nahm sie Kurs auf Leons Hausboot.

»Danke!«, sagte ich wütend. Unser gemeinsames Lachen und die Fotos schienen Lichtjahre her zu sein. Ich sah ihr hinterher, wie sie sich gewollt graziös mit kleinen Schwimmzügen durch das Wasser bewegte. Wenn ich nicht so sauer gewesen wäre, hätte ich fast darüber lachen können, denn Melanie schwamm im Oma-Stil. Sehr sexy. Als sie endlich bei Leon ankam, musste sie sich erst mal an seinem Steg festhalten, um nach Luft zu schnappen. Dann drehte sie sich auf den Rücken. Ihre Brüste ragten wie zwei neongrüne Inseln aus dem Wasser heraus. Sie »übte« Rückenschwimmen. Es war so lächerlich. Und so erfolgreich. Denn bereits nach wenigen Sekunden schwamm sie dorthin, wo Leon saß, und ließ sich von ihm aus dem Wasser ziehen. Er hatte angebissen.

Und während ich noch wütend in ihre Richtung sah, fiel mir plötzlich etwas auf. Zuerst nahm ich an, dass es ein Schatten war, der unter Wasser eine tiefe Stelle anzeigte. An manchen Stellen war der Grund schlammiger als an anderen. Doch dann begriff ich, dass dort der Taucher lauerte. Ein Stück Kopf schob sich langsam an die Oberfläche und verharrte dort.

Regungslos. Er beobachtete Melanie und Leon. War er die ganze Zeit schon dort gewesen? Hatte er uns die ganze Zeit schon aus seinem Wasserversteck heraus beobachtet?

17.

»Melanie, hinter dir«, rief ich. Natürlich reagierte sie nicht. Dafür verschwand der Kopf sofort wieder unter Wasser. Was spielte der Typ hier für ein Spiel?

Bekam er irgendwie einen Kick, wenn er sich still und heimlich an irgendwelche Mädchen heranschlich? Und wie konnte er so blöd sein, noch mal in Leons Nähe aufzutauchen, nach allem, was gestern gewesen war? Bei Leon drüben klirrte jetzt ein Glas.

Melanie lachte viel zu laut. Sollte ich zu ihnen gehen und von dem Typen erzählen? Aber der war ja gar nicht mehr zu sehen. Wahrscheinlich würde Melanie glauben, dass ich ihr Techtelmechtel stören wollte.

Verdammt, und eigentlich hatte ich doch mein Handy aufladen wollen. Aber auf gar keinen Fall ging ich jetzt da rüber. Wobei ich mich fragte, was sie überhaupt vorhatte – Alex konnte immerhin jeden Moment zurückkommen. Und was wollte sie machen, wenn Leons Frau in ein paar Tagen eintraf? Immer noch im Bikini um sein Hausboot herumschwimmen wie eine liebeskranke Nymphe?

Ich beschloss, ins Innere des Hausbootes zu gehen, auch wenn es da so muffig roch. Dann musste ich wenigstens nicht live verfolgen, was Melanie da abzog. Schon halb im Gehen, hielt ich inne. Aus den Augenwinkeln hatte ich etwas wahrgenommen. Mitten auf dem See, ungefähr dort, wo der Mann vom Wasserbus erfolglos seinen halben Tag abgesessen hatte, war der Kopf wieder erschienen. Der Taucher sah jetzt direkt zu mir herüber. Er hob die Hand zum Gruß. Es war nicht zu fassen.

»Hau ab!«, schrie ich voller Wut. Und dann, obwohl es lächerlich war, rief ich in das leere Hausboot hinein: »Ja, ich komme gleich, nun wartet doch mal!«, um den Anschein zu erwecken, dass ich nicht alleine hier war. Dann schämte ich mich für meine eigene Feigheit, wandte mich ruckartig ab und ging rein.

Im Hausboot warf ich mich auf mein Bett, und obwohl ich mich total anstrengte, konnte ich doch nicht verhindern, dass mir die Tränen über das Gesicht liefen. Was für ein verpfuschter Urlaub.

Ich weiß nicht, wie lange ich da lag. Es wurde langsam dunkel draußen. Gelegentlich klirrte etwas, ein Vogel rief, Wasser platschte gegen die Außenwand.

Ich musste eingeschlafen sein, denn plötzlich wachte ich mit einem Ruck auf. Draußen konnte ich deutlich ein lautes Lachen hören. Das war nicht Melanie.

»Geil, 'ne Ratte«, rief jemand.

»Nee, das ist ein Biber, glaube ich.«

Alex und David.

»Fiesta!«, rief Alex. »Mellie, wo bist du? Hab dir was mitgebracht.«

Oh Gott. Er klang nicht gerade nüchtern und Melanie hockte drüben bei Leon. Alleine. Im Bikini.

»Hallo«, rief ich schnell und humpelte ihnen entgegen. Sie banden das Boot an unserem Steg fest und hievten ein paar Plastiktüten heraus. Sie hatten tatsächlich eingekauft, auch wenn der Hauptteil aus Flaschen zu bestehen schien.

»Baby«, rief Alex. »Komm her!«

»Melanie holt gerade was«, sagte ich.

Alex sah mich an. Eine tiefe Furche erschien auf seiner Stirn.

»Von Leon«, fügte ich rasch hinzu. »Ein ... Pflaster für mich.« Wieso log ich auch noch für Melanie? Sie hatte sich weder für den Stein noch für die Tasche interessiert, nur dafür, wie sie sich am besten zur Schau stellen konnte. Aber ich konnte einfach nicht anders.

Alex starrte rüber zu Leons Hausboot, wo Melanie jetzt leichtfüßig auf den Steg hopste. »Ich komm später«, rief sie nur.

Alex sagte nichts, während Melanie ihn mit einem kleinen Glitzern in den Augen ansah. Und plötzlich wusste ich, warum sie das machte. Warum sie Alex nicht einfach sagte, dass es aus war, warum sie diese sinnlose Beziehung nicht beendete und warum sie so hemmungslos mit Leon flirtete. Weil es ihr Spaß machte. Weil sie jede einzelne Sekunde genoss. Weil es ihr wahrscheinlich einen Kick gab, wenn Alex so eifersüchtig wurde. Na gut. So war sie eben. Aber bitte ohne mich. Ich wollte damit nichts zu tun haben. Ich griff mir ein Bier und setzte mich auf den Holzboden des Stegs. David setzte sich ein Stück von mir entfernt hin und ließ die Beine ins Wasser hängen. Nach letzter Nacht hatte ich fast ein bisschen Angst vor ihm. Trotzdem holte ich den blauen Stein aus meiner Tasche und platzierte ihn demonstrativ zwischen uns. »Lag im Gebüsch dahinten«, sagte ich.

David reagierte nicht, er sah mich nicht mal an. Doch plötzlich fegte er den blauen Stein mit der Hand in den See hinein. Er hüpfte noch einmal hoch, wie bei diesen Steinschmeiß-Spielchen, und ging dann unter.

Ich konnte nicht glauben, was da gerade passiert war, und spürte den Zorn in mir hochkriechen.

Alex rumorte im Haus herum, es knallte und krachte. Er kochte genauso vor Wut wie ich, allerdings aus anderen Gründen. Dann kam er wieder heraus, ein Bier in der Hand. Er setzte sich an die äußerste Ecke des Stegs, wo er den besten Blick auf Leons Hausboot hatte.

»Was macht die da?«, fragte er.

Ich antwortete nicht. Ich hatte Mühe, nicht zu explodieren.

»Geh doch rüber«, antwortete David. »Dann weißt du's.«

Alex trank gurgelnd einen Schluck und schlug voller Wut nach einer Mücke, die sich auf seinem Arm niedergelassen hatte. »Einen Scheiß werd ich.«

Eine Weile lang saßen wir da wie die drei Affen, die nichts hörten, nichts sahen und nichts sagten.

Außer dem Gesumme der Mücken und dem Wasserplätschern war es still, abgesehen von Melanies künstlichem Lachen, das gelegentlich von Leons Boot herüberwehte und bei dem Alex jedes Mal zusammenzuckte. Dann klirrte auf einmal eine Flasche und rollte über den Steg. Alex stand auf.

»Ich geh jetzt rüber und hol die«, sagte er.

Ich fand nicht, dass das eine gute Idee war, er hatte schon eine ziemlich schwere Zunge und würde sich total zum Deppen machen, aber ich sagte nichts. Was ging es mich an, wobei er sich blamierte. Außerdem war ich sauer auf Leon. Nein – enttäuscht von ihm.

So weit her konnte es mit der Liebe zu seiner Frau ja nicht sein, wenn er sich den ganzen Nachmittag lang mit Melanie amüsierte. Und warum dann nicht mit mir? Wir sahen Alex nach, als er zu Leons Boot ging, sichtlich bemüht, nicht zu stolpern.

»Wie lange wollt ihr eigentlich noch bleiben?«, fragte ich David.

Zu meiner Verblüffung wirkte er fast beleidigt.

»Wieso?«, fragte er.

Wieso? War das nicht eindeutig? »Ich meine ja nur«, sagte ich. »Zeit zu gehen. Sieht außerdem so aus, als ob sich das glückliche Paar bald trennen wird, meinst du nicht?«

In diesem Moment kam Alex wieder aus Leons Hausboot. Mit Melanie im Schlepptau. Er zog sie regelrecht hinter sich her. Ich konnte es nicht glauben, dass sie überhaupt mitgekommen war. Und noch überraschter war ich, als ich in ihren Augen Tränen entdeckte, sobald sie nahe genug heran war. Sie versuchte, sich von Alex' Hand loszureißen, aber er hielt sie stur fest. Bei uns angekommen, ignorierte er uns total, trat die Tür zum Hausboot auf und schob Melanie hinein. »Und tschüss«, sagte er zu mir, als ich hinterherwollte. Empört drehte ich mich zu David um.

»Lass die sich erst mal fetzen.«

Er hatte recht. Aus unserem Boot drangen nicht gerade freundliche Töne.

»... kann machen, was ich will«, giftete Melanie gerade. »Ich bin nicht dein Eigentum. Und wenn du nicht mit mir redest, dann macht es halt ein anderer!«

»Reden!« Alex lachte höhnisch. »Am liebsten hättest du dich doch bei dem Typen auf den Schoß gesetzt, gib's doch zu!«

»Du spinnst.«

»Du benimmst dich wie die letzte Schlampe. Ich hab ja wohl Augen im Kopf!«

Er sprach mit schwerer Zunge, aber die Wut war trotzdem rauszuhören. Etwas rumste gegen die Tür.

»Hast du sie noch alle?« Das war Melanie. Sie klang erschrocken.

»Komm, wir gehen rein«, sagte ich zu David. Der stand da wie ein Zinnsoldat, als ob ihn das alles nichts anging. Er zuckte mit den Schultern. »Sie legt's aber auch drauf an«, sagte er nur. Drinnen krachte es wieder.

»Hältst du mich für blöd? Du hast mich total lächerlich vor dem Typen gemacht!«

»Du hast dich selbst lächerlich gemacht.«

»Du hältst mich wirklich für blöd, was?«

Jemand fummelte von innen an der Tür herum.

»Mellie?«, rief ich.

»Ja«, schrie sie unvermittelt. »Ja, ich halte dich für blöd. Jetzt weißt du's. Mit dir macht man sich ja total zum Affen!«

Einen Moment lang blieb alles still, dann klatschte es auf einmal. Es folgte ein verblüffter Aufschrei, dann ging die Tür mit einem Ruck auf. Melanie stand vor mir, das Gesicht wutverzerrt, ihre Wange nass und rotfleckig. »Der ist ja gemeingefährlich«, presste sie heraus. In ihren Augen standen Tränen.

»Du hast mich das letzte Mal angefasst«, fauchte sie Alex an, der hinter ihr stand, den Kopf kampfeslustig vorgeschoben.

»Ich will, dass ihr abhaut, alle beide. David kannst du gleich mitnehmen. Mit euch bleibe ich keine Sekunde länger hier!«

»Mellie«, stotterte ich bestürzt. »Was ist denn los?«

»Was los ist? Ich lasse mich nicht schlagen, das ist los!«

»Reg dich ab«, sagte Alex. »Du legst es doch drauf an!«

Ich konnte nicht glauben, was ich da hörte. Tickten die beiden Jungs noch ganz richtig? David, der in aller Seelenruhe dabeistand, als ob er das alles im Kino verfolgte, und Alex, der nicht mal was dabei zu finden schien, dass er gerade meiner besten Freundin eine geknallt hatte. Weil sie es drauf anlegte.

»Ich will auch, dass ihr geht«, sagte ich. »Ihr seid hier nur Gäste. Das ist mein Hausboot.«

»Wir gehen aber nicht. Und das ist nicht dein Kahn, das hast du uns selbst erzählt«, sagte Alex lässig. »Und wollt ihr wirklich alleine hierbleiben, wenn da drüben Freddy Krueger sein Zelt aufgeschlagen hat? Was willst du machen, wenn der nochmal kommt, Clara, hm? Superman Leon holen? Deine Mami anrufen?« Er lachte und schwankte dabei.

»Und überhaupt – glaubt ihr ernsthaft, dass wir jetzt mitten in der Nacht hier durch die Kanäle paddeln?«

»Wenn die nicht gehen, dann gehe ich«, sagte Melanie. Ihre Stimme klang, als ob man mit einer Nadel über Glas kratzte. Ich hatte sie noch nie so wütend erlebt.

»Quatsch«, sagte ich erschrocken. »Du bleibst hier!«

»Ich bleibe nicht hier!« Sie stampfte an mir vorbei und hielt sich kurz an meinem Arm fest. Ich merkte erst jetzt, dass sie auch ziemlich betrunken war.

Hatte sie die ganze Zeit mit Leon getrunken?

»Hört doch auf mit dem Scheiß«, sagte David, an niemand Bestimmtes gerichtet.

»Lass sie. Geht sie eben zu Leon.« Alex äffte bei dem letzten Wort Melanies flirtenden Tonfall nach.

Melanie antwortete nicht, sondern stürmte auf und davon, in die Dunkelheit hinaus.

»Mellie!«, rief ich erschrocken. »Komm zurück! Du pennst bei mir und morgen fahren die beiden ab. Stimmt's?«, wandte ich mich Hilfe suchend an David.

Wenigstens war der noch halbwegs nüchtern. Er schwieg. Wartete ab.

»Melanie!« Alex wankte hin und her. »Du kannst mich mal, du blöde Kuh!« Er sah mich aus blutunterlaufenen Augen an. »Und du hast mir gar nichts zu sagen. Ich bleibe hier, so lange ich will. Und jetzt will ich hierbleiben.« Er murmelte noch etwas Undeutliches und versuchte, sich eine Zigarette anzuzünden, die ihm aus den Fingern rutschte und runterfiel. Er bückte sich danach und stieß mit dem Kopf an das alberne hölzerne Steuerrad, das an der Vorderseite unseres Bootes festgemacht war. »Blöde Kuh«, sagte er noch einmal. Er kam ohne die Zigarette wieder hoch, riss die Tür auf und stolperte hinein.

»Wie hältst du das aus?«, fragte ich David empört.

»Und wieso sagst du nichts? Dein Freund schlägt also Mädchen, na toll. Und weißt du was? Du bist auch nicht viel besser. Stehst nur da und guckst zu.«

»Lass mich gefälligst in Ruhe, das geht mich nichts an«, sagte David. »Wenn sich seine Tussis das gefallen lassen, ist das ihr Problem. Es ist ja nicht das erste Mal, dass er so ausflippt. Er teilt halt nicht gern.«

»Nicht das erste Mal«, wiederholte ich fassungslos.

Kalter Schweiß klebte mir an der Haut, von der Hitze des Tages, dem kühlen Abendwind und von Davids letzter Bemerkung. Ich konnte sein Gesicht nicht richtig im Dunkeln erkennen. Was wussten wir eigentlich von diesen beiden Typen? Noch vor vier Tagen am Bahnhof hatte ich geglaubt, dass David ein ganz normaler Teenager war. Selbst von Alex, dem Primaten mit Gehirntod, hatte ich nicht allzu viel Schreckliches erwartet. Und jetzt entpuppte der sich als gewalttätig und jähzornig. Was mochte er in der Vergangenheit alles schon angestellt haben?

Und David mit diesem undurchdringlichen Pokerface, der mich behandelte wie eine Idiotin, obwohl er doch definitiv etwas mit dem toten Mädchen zu tun gehabt hatte. Dessen war ich mir inzwischen sicher.

»Du suchst jetzt sofort Mellie«, sagte ich gefährlich leise. »Du bist der Einzige, der das kann. Alex schert sich einen Dreck um sie und ich kann nicht mit meinem Fuß da draußen durch die Nacht stolpern.«

David machte ein unwilliges Geräusch, setzte sich aber in Bewegung. Ich stieß die Luft aus und hielt mich an dem Steuerrad fest, weil meine Beine so zitterten.

»Melanie«, hörte ich ihn rufen. »Wo bist du?« Und dann, etwas weiter weg: »Jetzt komm zurück, willst du denn die ganze Nacht im Gestrüpp hocken?«

»Hau ab«, hörte ich Melanie sagen. Sie war gar nicht so weit weg und klang, als ob sie weinte. Wollte sie die Nacht im Wald verbringen?

»Clara will, dass du zurückkommst«, sagte David jetzt.

»Mellie, nun mach doch keinen Mist«, rief ich. Ich erinnerte mich plötzlich an unseren Faschingsball im vorigen Februar. Da hatte Melanie auch ziemlich einen sitzen gehabt und mit der Sturheit der Betrunkenen darauf bestanden, barfuß vor der Schule durch den Schnee zu laufen. Ich hoffte nur, dass ihr heute Nacht nicht etwas ähnlich Verrücktes einfallen würde.

David kam wieder. »Sie will da sitzen bleiben«, sagte er schulterzuckend. »Ich hau mich in die Koje. Bei Alex«, sagte er nach einem kurzen Seitenblick in Melanies Richtung.

»Gut«, krächzte ich. »Ich warte hier auf Mellie. Und ihr verschwindet morgen, versprichst du mir das?«

»Vielleicht.« Da war etwas Lauerndes in seinem Blick.

»Ihr verschwindet morgen.« Meine Stimme drohte komplett zu versagen.

»Wir gehen, wenn alles erledigt ist.« Er drehte sich um und ging rein.

Wenn alles erledigt ist?

18.

»Mach dir keine Sorgen, Clara, ich komme bald. Geh ruhig schon rein. Ich will das Arschloch jetzt weder sehen noch hören. Ich will alleine sein.«

»Okay. Ich bleibe wach, bis du kommst.« Mit diesen Worten hatte ich mich ins Boot begeben und hingelegt, wobei ich die Tür offen ließ. Das bedeutete zwar, dass sich eine ganze Mückenkolonie häuslich bei mir einrichtete und um meine Taschenlampe herumschwirrte, aber ich tat es für Melanie. Doch sosehr ich mich auch bemüht hatte, wach zu bleiben, irgendwann war ich eingeschlafen. Im Halbschlaf hatte ich mitbekommen, dass Melanie hereingekommen war und sich in Davids Schlafsack gelegt hatte. Ungefähr um vier Uhr war ich kurz wach geworden, da lag sie unten auf dem Boden und schlief.

Sie sah im Schlaf aus wie ein kleines Mädchen.

Eigentlich musste ich mal, aber um zur Toilette zu gelangen, hätte ich durch das Schlafzimmer gehen müssen, in dem jetzt die beiden Jungs lagen, und darauf hatte ich keine Lust. Noch weniger Lust hatte ich allerdings, draußen im Dunkeln herumzustolpern. Ich schlief wieder ein. Träumte etwas Verworrenes und Grusliges, irgendein dunkles, gesichtsloses Wesen stand über mir und flüsterte immer wieder meinen Namen. Mit einem Ruck wachte ich auf und sah blinzelnd auf meine Uhr. Es war halb neun.

Melanies Schlafsack war leer. War sie etwa wieder zu Alex gekrochen? Das konnte ich mir nicht vorstellen.

Ich sprang auf und verzog schmerzvoll das Gesicht.

Ich war an meine Zehe gestoßen. Beim nächsten Versuch hielt ich mich am Sofa fest, um nicht voll auftreten zu müssen. Jetzt ging es. Wenn ich vorsichtig lief, tat es auch nicht mehr weh. Ich lauschte. Die Tür zu dem kleinen Schlafzimmer war nur angelehnt, leises Schnarchen kam von dort. Ich schob sie ein Stück weiter auf und sah hinein. Da lagen nur David und Alex. Es roch wie in einer Brauerei. Das Mini-Bad war auch leer, da war Melanie jedenfalls nicht.

»Mellie?« Ich humpelte raus. Der Morgen war wunderbar frisch und klar. Ein Streifen Sonnenlicht tanzte genau vor mir auf dem Wasser, Vögel zwitscherten, in der Ferne hämmerte wieder der Specht. War sie an ihren komischen Platz von gestern Abend zurückgekehrt? »Melanie«, rief ich erneut, diesmal lauter.

Keine Antwort. Eine Ente flatterte kurz auf dem See hoch und im ersten Moment nahm ich an, dass Melanie draußen eine Runde schwamm, doch da war niemand. Ich beugte mich trotzdem über den Bootsrand und sah ins Wasser hinunter. »Melanie!«, rief ich ein drittes Mal, jetzt ziemlich ungeduldig. Wo steckte sie nur? »Wo bist du? Ich brauch dich mal schnell.« Als Antwort erklang nur erneut das Klopfen des Spechtes.

Wie seltsam. Melanie war weiß Gott keine Frühaufsteherin, von der albernen Bade-Episode gestern mal abgesehen. Ich ging wieder hinein und sah mich um.

Der Schlafsack war völlig leer, nicht mal ihre Sweatshirtjacke von gestern lag dort. Ich sah auf den Boden. Irgendwas war anders als gestern. Aber was?

Ich fixierte den dreckigen Fußboden und runzelte die Stirn. Meine blauen Sneakers standen noch genauso dort wie gestern. In die kam ich momentan nicht rein, wegen meines Verbandes. Daneben Davids schwarze Turnschuhe, die ich gleich am ersten Abend so weit wie möglich in die Nähe des Ausgangs geschoben hatte, aus offensichtlichen Gründen. Und gestern hatten da noch Melanies Flipflops gelegen, jetzt fiel es mir wieder ein. Sie waren weg. Aber gestern hatte sie ein paarmal ihre Clogs angehabt, da war ich mir ganz sicher. Die waren auch nicht da. Zwei Paar Schuhe würde sie ja wohl kaum tragen. Ich riss die Tür zum Schlafzimmer auf, jetzt ohne Rücksicht auf die beiden, die irgendwas brummten und sich die Kissen über den Kopf zogen. Melanies Rucksack … Er war auch weg!

Ich stieg auf das quietschende Bett, stieß wieder an meine Zehe und fluchte.

»Was ’n los?« David richtete sich verschlafen auf.

Ich fegte mit der Hand einen Haufen Klamotten zur Seite, die auf dem Regal über dem Bett lagen.

Alles von Alex. Nichts von Melanie.

»Hey? Hallo?« David schnipste mir ans Bein.

»Melanie ist weg.«

Er stöhnte. »Deshalb machst du hier so einen Krach?«

Ich stieg vom Bett und sah in das kleine Bad. Ihre lila Kulturtasche war auch nicht mehr da. »Sie ist einfach abgehauen. Allein!«

»Was? Sie ist allein weggerudert? Echt?«

Ich starrte David an. Was hatte er da gerade gesagt? Das Ruderboot ... Ich lief wieder hinaus. Beide Ruderboote lagen ordentlich angebunden am Steg.

Natürlich. Nie im Leben wäre Melanie allein davongepaddelt. Das hätte sie gar nicht geschafft, sie hatte überhaupt keine Kondition, das hatte ich gemerkt, als wir das einzige Mal zusammen gepaddelt waren.

Deswegen wollte sie auch die ganze Zeit nur mit Alex fahren.

Aber ohne Boot ... Wo zum Teufel war sie dann?

Ein Geruch wehte zu mir herüber. Frisch gebrühter Kaffee. Von Leons Boot. War sie etwa dort? Wie auf Befehl trat Leon in diesem Moment auf seine kleine Veranda hinaus, eine Tasse in der Hand. Er pustete in das dampfende Getränk und las etwas auf seinem Handy.

»Leon!«, rief ich aufgeregt.

Er drehte sich um und winkte mir zu. »Guten Morgen! Na, schon wach? Du packst wohl auch schon?«

Was? Was meinte er? »Hast du Melanie gesehen?«, rief ich.

Er nickte und ich atmete erleichtert auf. Sie war bei ihm. Melanie war tatsächlich zu Leon gelaufen, um Alex eins auszuwischen. Es war nicht zu fassen.

Ich lachte, aber bei Leons nächsten Worten blieb mir das Lachen im Hals stecken.

»Klar, die ist ungefähr vor einer Stunde den Pfad da lang. Mit ihrem Rucksack auf dem Rücken. Bisschen hab ich mich ja gewundert, dass sie schon so zeitig unterwegs ist, aber ...«

»Wie?«, fragte ich und humpelte über unseren Steg, kletterte runter und lief näher zu Leon. »Die ist da langgelaufen? Was hat sie denn gesagt?«

Leon sah mich verwirrt an. Er kam jetzt auch von seinem Hausboot herunter. »Gar nichts hat sie gesagt. Ich habe ja gar nicht mit ihr geredet. Ich hab nur ihren Rücken gesehen, als ich das Fenster zugemacht habe, weil diese scheiß Vögel so laut waren. Da ist sie gerade von eurem Boot weg.«

»Warum ist sie denn da langgelaufen?« Ich schüttelte ungläubig den Kopf. Was sollte das? War Melanie total übergeschnappt?

Leon warf mir einen merkwürdigen Blick zu, als ob ich diejenige war, die sich irgendwie nicht normal benahm. »Na, um zum Wasserbus zu laufen, warum denn sonst?«

Natürlich. Auf das Naheliegendste kam man nie selbst. »Danke«, sagte ich zu Leon, drehte mich um und biss mir auf die Lippe. Wie konnte Melanie mir das antun? Ach Clara, ich lasse dich nicht mehr allein ... Von wegen.

Wie konnte sie mich mit diesem Kotzbrocken Alex allein lassen, der jetzt garantiert erst recht nicht abhauen würde? Warum auch? Hier ließ sich doch prima saufen und abhängen, ich lieferte das Quartier, Leon den Alkohol und David spielte so eine Art stummen Diener. David. Der war meine letzte Rettung. Ich stampfte auf unseren Steg, unter dem die unglückselige Tasche wahrscheinlich immer noch versteckt war, jedenfalls hatte ich keine Ahnung, wo sie sonst sein sollte, aber die musste warten. Ich würde der Polizei einen anonymen Tipp geben, sobald das hier alles vorbei war.

»David«, rief ich laut.

Er kam raus, in knielangen Jeans und einem dunkelblauen T-Shirt, das ich bislang noch nicht an ihm gesehen hatte.

»Und?«, sagte er. »Ist sie bei dem?«

»Nein. Sie ist abgedampft, nach Hause. Schon vor einer Stunde. Zum Wasserbus.«

David zog überrascht die Augenbrauen hoch. Offenbar hatte er das auch nicht von Melanie erwartet.

»Wo sind meine Kippen?«, rief Alex von drinnen.

Keiner von uns beiden antwortete.

»Zum Wasserbus?«, fragte David.

Alex erschien auf der Bildfläche, hustend und verschlafen. »Mann, hab ich einen Brand«, sagte er. »Ist noch Saft da?«

Ich funkelte David an. Sollte der gefälligst seinem Freund die Nachricht überbringen. Aber David sagte nur wieder: »Zum Wasserbus?«

»Ja, verdammt noch mal«, sagte ich. Was gab es daran nicht zu verstehen?

»Hm?«, machte Alex. Das helle Morgenlicht war sichtlich zu viel für ihn.

»Aber was will sie denn da?«, fragte David. »Heute ist Sonntag.«

»Na und?«, antwortete ich gereizt. Worauf wollte er hinaus?

»Sonntags fährt der Wasserbus nur zweimal. Das hat uns doch der Typ extra gesagt.«

»Na und?«, sagte ich wieder. »Einmal reicht ja.«

»Ich habe neulich in der Stadt mal auf den Plan geguckt. Sonntags fährt der Kahn so gegen elf und dann wieder nachmittags. Mehr nicht.«

Ich sah ihn an. Dann dämmerte es mir.

»Jetzt ist es ungefähr neun«, verkündete Alex. »Da fährt er noch nicht.«

»Genau.« David grinste. »Dann wird Melanie jetzt also noch zwei Stunden lang dahinten am Wasser sitzen und warten.«

»Bei den Mücken.« Alex gab ein fröhliches Schnaufen von sich und schlug sich auf die Schenkel.

»Ihr seid so was von bescheuert«, sagte ich. Dann ließ ich sie stehen und ging los. Wenigstens war Melanie noch hier.

19.

Der Specht machte mich ganz verrückt. Sein maschinenpistolenartiges Klopfen bohrte sich mit jedem Humpelschritt lauter in meine Ohren. Als ob er mich absichtlich nerven wollte. Sobald ich außer Sichtweite der Jungs war, fing ich an, Melanie zu rufen.

Ich war den Weg nur am ersten Tag mit den anderen gelaufen und erinnerte mich, dass er ungefähr einen Kilometer lang war. Schon nach zehn Minuten war ich fix und fertig. Sich humpelnd vorwärtszubewegen war extrem anstrengend. Nur die Aussicht darauf, Melanie gehörig meine Meinung sagen zu können, trieb mich voran. Ich schwitzte und keuchte und spuckte wütend eine kleine Fliege aus, die mir in den Mund geflogen war.

»Melanie?« Da vorn wurde es lichter, gleich kam ich an die Stelle, wo der Wasserbus uns damals abgesetzt hatte. Warum antwortete sie mir nicht? Tja, ganz einfach: weil sie nicht dort war. Ich sah mich um. Rief wieder ihren Namen, strauchelte und hielt mich an dem verwitterten Holzschild fest, das die Haltestelle anzeigte.

So ein Mist! Wo war sie denn? Etwa wieder zurückgelaufen? Dann hätten wir uns treffen müssen. Ob jemand sie mitgenommen hatte? Der Mann vom Wasserbus? Aber warum sollte er hier vorbeifahren, wenn er doch gar nicht musste? Um Melanie zu treffen? Ich erinnerte mich daran, wie er ihr gestern auf den Bauch gestarrt hatte. Doch woher sollte er wissen, dass sie morgens um sieben hier wartete?

Und irgendwer anders? In der ganzen Zeit hatten wir hier keine Menschenseele vorbeifahren sehen, die Zivilisation begann erst nach einer halben Stunde Paddeln. Ausgerechnet am Sonntagmorgen würde hier wohl kaum einer auf dem Wasser vorbeikommen. Auf dem Wasser … Ich drehte mich im Kreis und nahm wie in Zeitlupe das grüne Gestrüpp um mich herum wahr. Es kann ja auch jemand aus dem Busch gekommen sein, wisperte eine kleine Stimme irgendwo in meinem Kopf. Ich trat näher an den Busch heran, magisch angezogen von irgendetwas Blauem darin. Etwas, das da nicht hingehörte.

Ich schob die kratzigen Zweige beiseite. Dann sah ich es. Es war wie eine kalte Dusche. Melanies Rucksack.

»Melanie?«, sagte ich ungläubig. Es gab nur zwei Möglichkeiten. Entweder, sie war ohne ihre Sachen mit jemandem mitgefahren – sehr unwahrscheinlich. Oder sie war mit jemandem mitgegangen. Ohne Rucksack? Wie ein Flashback erschien die schwarze, glatte Gestalt des Tauchers vor meinen Augen, wie er so plötzlich aus dem Wasser herausgekommen war. Herausgeglitten wie eine Wasserratte.

»Mensch, Mellie«, flüsterte ich. »Wo bist du denn bloß?«

Rattattattatat, erklang es monoton von oben aus den Baumkronen. Verfolgte mich dieses Vieh? Mit einem Satz machte ich kehrt und hastete so schnell ich konnte den zugewachsenen Weg zurück. Bloß nicht zu lange in die Büsche sehen. Bloß nicht umdrehen. Bloß nicht hinfallen.

»David«, rief ich, sobald ich unser Hausboot sah. »David, ihr müsst mitsuchen. Sie ist da nicht. Ich verstehe das nicht. Wo kann sie nur sein?«

David war draußen auf dem Steg und schüttelte gerade seinen Kopf nach links, wahrscheinlich hatte er Wasser in den Ohren. Ich hätte wetten können, dass er die Tasche aus dem Versteck geholt hatte, aber jetzt war keine Zeit, sich darüber Gedanken zu machen.

»Melanie muss hier noch irgendwo sein«, sagte ich.

»Wie jetzt?«, fragte er.

»Ich habe nur ihren Rucksack gefunden. Keine Melanie. Aber sie würde doch nicht ohne ihren Rucksack wegfahren. Ich verstehe das nicht, wo ist sie denn dann?« Ich spürte, wie Hysterie in mir aufstieg. Von Anfang an war an dieser Reise etwas faul gewesen. David legte kurz den Kopf in den Nacken und murmelte etwas. Es klang wie »Auch das noch«.

»Wir müssen sie suchen«, sagte ich mit dünner Stimme. »Ich habe kein gutes Gefühl dabei. Dieser blöde Typ aus dem Wasser, was, wenn der Melanie was getan hat und ...«

»Quatsch«, sagte David. »Die wird irgendwo hier rumlaufen und schmollen.«

»Ohne ihren Rucksack? Ohne was zu trinken? Zwei Stunden lang, bis der Wasserbus kommt? Glaubst du das wirklich?«

Ich starrte ihn an. Er starrte zurück. In seinem Gesicht arbeitete es. Dann hämmerte er an die Tür.

»Alex! Los, komm raus. Wir müssen Melanie suchen. Die rennt hier irgendwo rum. Ist durchgedreht, was weiß ich.«

Ich wollte das Gemaule von Alex nicht hören und konzentrierte mich darauf, intensiv mit den Augen die Umgebung abzusuchen.

Aber glaubte ich ernsthaft, dass Melanie irgendwo dort saß, uns beobachtete und irgendwann mit einem »Buh!« hervorgesprungen kam? Es ergab alles keinen Sinn. Mein Blick glitt hinüber zur anderen Seite des Sees, wo der Typ mit der jungen Freundin wohnte. Mir war, als ob da jemand aus dem Fenster guckte. Plötzlich fiel mir mein Handy ein. Meine Güte, wie blöd konnte man sein! Der letzte Rest des Akkus musste jetzt dran glauben. Ich holte das Handy heraus und rief Melanie an. Niemand antwortete. Es sprang sofort ihre Mailbox an: »Hi, das ist Melanie, wenn du mir was Nettes sagen willst, nur zu.«

»Melanie, wo bist du? Ich mach mir Sorgen. Ruf zurück.«

Das Gesicht am Fenster da drüben verschwand plötzlich. War Melanie etwa dort? Oder sah ich vielleicht Gespenster?

»Los, jetzt komm schon«, hörte ich David. Er trieb Alex voran wie einen störrischen Esel, obwohl er selbst nicht besonders enthusiastisch aussah.

»Vorn beim Wasserbus war ich schon, da war sie nicht«, sagte ich schnell, bevor sie es sich anders überlegten. »Also sollten wir vielleicht einfach in die andere Richtung gehen und nach ihr rufen?« Ich deutete vage in das Waldstück hinter dem See.

»Okay«, sagte David nur und ging mit großen Schritten los. Alex folgte ihm und steckte sich noch im Laufen eine Zigarette an. »Melanie!«, rief er mit absichtlich hoher Stimme. »Huhu!« Er schien das Ganze für einen Scherz zu halten.

Die beiden Jungs liefen viel zu schnell, ich kam überhaupt nicht hinterher. »Wartet doch mal«, rief ich atemlos. Ich hatte mich schon zweimal schmerzhaft an meiner Zehe gestoßen. »Ich kann nicht so schnell.«

Aber sie blieben nicht stehen. Im Gegenteil. Ich konnte sie lachen hören und dann erklang wieder das hohe »Melanie!« von Alex.

»Mensch, jetzt wartet doch«, brüllte ich, außer mir vor Wut. Ich stolperte ihnen mehr oder weniger blind hinterher, überlegte kurz, ob ich einfach zurückgehen sollte, aber ich war mir sicher, dass sie nur halbherzig suchten, und auch, dass Melanie sich unter Umständen gar nicht zeigen würde, wenn sie Alex erblickte. Sich zeigen würde ... Als ob sie irgendwo wartete. Mit einem Mal wurde mir bewusst, dass die Idee, Melanie hier irgendwo zu finden, die Idee, dass sie gemütlich im Wald saß und eine Blumenkette band, völlig absurd war. Melanie hasste Wald mit all den Spinnen, Insekten, verrottenden Pflanzen und peitschenden Zweigen im Gesicht. Etwas stimmte hier ganz und gar nicht. Ich blieb stehen und schluckte. Alex und David waren irgendwo, ich konnte sie nicht mehr sehen. Wo zum Teufel war ich jetzt? Wie aus weiter Ferne hörte ich einen Pfiff.

Sie pfiffen nach Melanie wie nach einem Hund.

Rechts ging ein langer Weg ab. Er verlief ganz gerade. Das war kein Trampelpfad, das war ein richtiger angelegter Weg. Ging der um den See herum? Gerade beschloss ich, da entlangzulaufen, als ich es hinter mir knacken hörte. Ich fuhr herum.

Direkt hinter mir stand ein Mann. Der Mann. Der aus dem weißen Hausboot mit der jungen Freundin.

Er trug ein Poloshirt und Shorts. Auf seiner Stirnglatze standen Schweißtropfen und ich konnte sehen, dass eine Ader an seiner Schläfe pulsierte. Herausfordernd machte er einen Schritt auf mich zu, genau in dem Moment, als ich einen zurücktrat.

»So, Kleine«, sagte er mit rauer Stimme. »Und jetzt her mit dem scheiß Handy.«

20.

Ich schnappte vor Schreck nach Luft. Antworten konnte ich nichts, ich brachte einfach keinen Ton heraus. Der Mann sagte etwas, doch ich verstand ihn nicht, weil mein Herz so laut klopfte und etwas in meinem Kopf anfing zu rauschen. Er trat auf mich zu und ich wich weiter zurück. Was wollte der? Mein Smartphone? Es war nichts Besonderes, nur so ein billiges Ding, mit Prepaidkarte. Mehr rückten meine Eltern nicht raus.

»Na los jetzt, wird's bald?«, sagte der Mann. Er war so nahe gekommen, dass ich seinen Schweiß und sein komisches Aftershave riechen konnte.

»W-wieso?«, gelang es mir endlich zu sagen.

»Wieso?«, äffte er mich nach. »Gib's mir einfach, okay? Ich brauch das mal kurz.«

»Ich kenne Sie doch gar nicht«, antwortete ich.

Tickte der Typ noch ganz richtig? Konnte der sich kein Handy leisten? Wieso rannte der mir hier über den Weg? Oder hatte er mich absichtlich verfolgt?

Plötzlich ging alles ganz schnell. Der Mann war so unmittelbar vor mir, dass ich nur noch ein entsetztes Japsen von mir geben konnte. Er riss mir mein Telefon aus der Hand und stieß mich unwillig von sich, als ich versuchte, es ihm wieder wegzunehmen. Tränen schössen mir in die Augen, aus Wut über diese Behandlung, aus

Panik... und aus Angst. Warum machte der das? Er starrte auf das kleine Display und drückte auf den Tasten herum, aber es ging nicht an.

»Warum geht das nicht?«, herrschte er mich an.

»Der Akku ist leer. Glaube ich«, stotterte ich.

Der Mann fluchte leise.

»Kann ich es also wiederhaben?«, bat ich. »Ich suche meine Freundin.« Warum ich ihm das sagte, wusste ich selbst nicht. Damit er Mitleid bekam?

»Mir egal«, sagte der Mann. So viel zum Mitleid.

»Ihr könnt hier nicht einfach fremde Leute fotografieren, wie die Paparazzi, das weißt du doch wohl, oder?«

»Was?«, fragte ich verblüfft. Ich hatte immer noch meine Hand ausgestreckt, in der Hoffnung, dass der Typ mein leeres, nutzloses Handy wieder dahinein legen würde, aber zu meinem Entsetzen schob er es in seine Hosentasche.

»Kauf dir ein neues«, sagte er. »So ein Billigteil bekommst du überall.« Und damit drehte er sich um und lief weg.

»Hey!«, schrie ich ihm hinterher. »Gib das zurück! Das ist mein Handy!«

Er drehte sich nicht mal nach mir um. Ich lief ihm ein paar Schritte hinterher und blieb dann stehen.

Wollte ich mich wirklich mit diesem fremden, eindeutig durchgeknallten Typen anlegen? Mit ihm kämpfen? Ich schluchzte erschöpft. Wischte mir mit dem Ärmel über das Gesicht und zog die Nase hoch. Was sollte ich denn jetzt machen? Ich wollte nur noch nach Hause. Weg von hier aus diesem Stachelwald, von Mücken gepeinigt, von Verrückten beklaut, von meiner besten Freundin verlassen ... Tränen verschleierten mir den Blick, ich stapfte wie ferngesteuert den Weg entlang. Zurück, zurück, zurück.

Mit jedem Schritt schoss jetzt ein dumpfer Schmerz durch meine Zehe, aber ich zwang mich, nicht daran zu denken. Wo war Melanie? Hatte sie vielleicht auch eine unschöne Begegnung mit diesem Mann gehabt? Was hatte der gesagt? Dass wir nicht einfach Leute fotografieren konnten? Ich versuchte, mir das bullige Gesicht in Erinnerung zu rufen. War der Typ vielleicht berühmt? Das musste es sein. Vielleicht irgendein bescheuerter C-Promi, der nicht wollte, dass ich von ihm Fotos machte? War es das?

War Melanie ihm begegnet und frech geworden, sodass er, sodass er …

»Melanie«, rief ich verzweifelt. Meine Stimme verlor sich in den Bäumen, schien kaum aus dem dichten Geäst hinauszudringen.

Dieser Wald war wie ein Gefängnis. Ich rutschte ab und trat in eine Pfütze.

Keine Pfütze. Ein morastiger kleiner Bach. Er wurde breiter. Ein kleiner Flussarm. Und der führte zum …

Weiter vorn wurde es heller. Durch die Zweige sah ich etwas funkeln. Der See. Ich kam wieder zum See! Gott sei Dank.

Ich stieß einen Jubelschrei aus und versuchte, schneller zu laufen. Mann, das war doch das Dach von unserem Hausboot. Jetzt konnte ich es ganz deutlich sehen – ich kam nur zwanzig Meter weit weg von der Stelle heraus, an der wir vor einer halben Ewigkeit in den Wald gelaufen waren. Noch nie in meinem Leben hatte ich mich so erleichtert gefühlt. Alex und David saßen garantiert schon wieder im Boot und ich würde mir das

Handy von Alex schnappen und die Polizei anrufen. Ich würde den fiesen alten Knacker melden, der mein Smartphone geklaut hatte, und berichten, dass meine Freundin verschwunden war. Ich würde ...

»Au!« Ich fluchte vor Schmerz laut auf. Ich war über eine Wurzel im Gras gestolpert und umgeknickt. Wenn ich mir jetzt noch drei Meter von unserem Boot entfernt den Fuß verstauchte, würde ich einen hysterischen Anfall bekommen. Wütend sah ich nach unten. Die Wurzel ... Oh Gott. Das Rauschen in meinem Kopf setzte wieder ein. Das war keine Wurzel. Das war ein Bein. Ein Bein, das in knielangen Jeans steckte.

»David?«, flüsterte ich ungläubig. Er lag quer über dem kleinen Weg, mit dem Kopf nach unten, das Gesicht leicht zur Seite gedreht. Als ob er schlief.

Ich kniete mich hin und rüttelte an seiner Schulter. Ein Geräusch erklang, eine Art leises Stöhnen.

»David, was ist mit dir?«

Er öffnete den Mund, aber es kam kein Ton heraus. Nur wieder dieses schreckliche Stöhnen. Er war gar nicht richtig bei Bewusstsein. Ich rutschte auf den Knien herum und versuchte, ihn umzudrehen. Dann sah ich es. An seiner Schläfe, schon fast oben am Haaransatz, war eine große, blaurote Beule.

War er hingefallen? Oder ... Wo war Alex? War das Alex' Werk? Der mal wieder die Nerven verloren hatte?

»David, war das Alex?«

Ich konnte sehen, wie seine Augenlider zuckten und sich dann qualvoll langsam öffneten. »Weiß nicht.« Es war kaum mehr als ein Krächzen. »Mein Kopf ...«

»Du brauchst einen Arzt.« Hatte David noch sein Handy? »Wo ist dein Handy?« Er reagierte nicht.

Kurzentschlossen fuhr ich mit der Hand in Davids Hosentasche. Jetzt war keine Zeit für falsche Bescheidenheit. Nichts. Auch nicht auf der anderen Seite.

»David? Hörst du mich? Kannst du aufstehen?«

Er hob leicht den Kopf, stöhnte und ließ ihn wieder sinken. Wenigstens hatte er jetzt die Augen offen. »Will hier liegen«, murmelte er.

Was jetzt? Ich konnte ihn doch nicht einfach da liegen lassen, aber andererseits konnte ich ihn ja wohl kaum an den Beinen packen und hinter mir herschleifen.

»Wo ist Alex?«, fragte ich erneut. Mann, wie ich den hasste!

»Weiß nicht«, sagte David nur wieder.

Ich biss mir vor Aufregung die Lippe blutig, aber ich verstand überhaupt nichts mehr. Nur, dass ich jetzt ganz alleine war. Halt – nicht ganz allein.

»Ich hole Hilfe.« Ich sprang auf und rannte los, trotz meiner malträtierten Zehe.

Zu Leons Boot.

21.

»Leon!« Ich bummerte an seine Tür. »Leon, bist du da?«

Ich konnte Schritte hören, dann ging die Tür auf.

Leon stand vor mir, ein Geschirrtuch und ein Glas in der Hand, die Sonnenbrille auf die Stirn hochgeschoben. Er schien überrascht zu sein, mich zu sehen.

»Hey, ihr seid ja doch noch da. Ich dachte schon, ihr haut alle ab, ohne Tschüss zu sagen.«

»David«, stieß ich aus und versuchte, ruhiger zu atmen. »Liegt. Dort.«

»Was?« Leon hörte auf, das Glas abzureiben.

»David liegt da im Gras. Ich weiß nicht, was mit ihm ist. Ich glaube, er ist hingefallen. Oder ...« Ich gab mir einen Ruck. »Oder Alex hat ihn zusammengeschlagen. Der ist auch weg. Und Melanie auch.«

Ich spürte, dass ich schon wieder einen Kloß im Hals bekam.

»Melanie ist doch zum Wasserbus gegangen.«

»Nein. Das heißt, ja – sie ist dahin gegangen. Aber der Bus fährt doch erst später. Und jetzt ist sie weg. Aber ihr Rucksack ist noch da!«

»Ihr Rucksack ist noch da?«

»Ja, der steht im Gebüsch. Als ob sie ihn dort abgestellt hat. Sie würde doch aber nicht ohne ihren Rucksack fahren, ich kapier das nicht.«

»Bist du sicher, dass es ihr Rucksack war?« Leon sah mich prüfend an.

»Natürlich. Ich kenn den doch. Und wir wollten sie suchen, aber dann waren die Jungs so schnell weg und dieser Typ von da drüben hat mir mein Handy weggenommen.«

»Welcher Typ? Der Taucher?«

»Nein, der mit der jungen Freundin. Was will der denn mit meinem Handy, Leon? Das war nicht mal aufgeladen, ich wollte es bei dir aufladen, damit ich Melanie anrufen kann, aber die antwortet ja auch nicht und ich hab jetzt echt Schiss, kannst du die Polizei anrufen?« Die Worte sprudelten aus mir heraus, ich konnte nur hoffen, dass Leon mein Gestammel verstand, denn irgendwie verstand ich das alles selbst nicht. Aber David brauchte einen Arzt, so viel war klar. »Und einen Arzt«, fügte ich rasch hinzu. »Für David. Da vorn im Gras.«

Leon stellte das Glas weg und hob beschwichtigend die Hände hoch. »Immer mit der Ruhe, was sagst du da? Der alte Typ hat dein Handy geklaut?«

Leon gab ein seltsames Geräusch von sich. Es klang fast wie ein Glucksen. »Sorry«, sagte er dann. »Aber das ist ja nicht zu glauben. Der muss ja ganz schönen Schiss haben.«

»Was?«, fragte ich verständnislos.

»Nichts. Sorry.« Leon rieb sich mit dem Geschirrtuch über die Stirn und schlenkerte dabei die Sonnenbrille herunter. Er fing sie auf. »Okay«, sagte er.

»Dein Handy holen wir später, mach dir keine Sorgen. Ich kümmere mich jetzt um David. Du bleibst am besten hier, denn hier vermutet dich keiner. Guck aus dem Fenster, dann siehst du, wenn Alex oder jemand anders sich dem Boot nähert.«

»Und was mach ich dann?« Ich wollte nicht, dass Leon mich allein ließ.

»Dann schiebst du den Riegel hier vor und verhältst dich ganz still. Hier kann keiner rein.«

»Rufst du die Polizei an?«

Er nickte. »Mach ich. Und ich guck dabei gleich mal, ob ich Alex finde.« Er biss sich nachdenklich auf die Lippe. Bleib du nur schön hier drin, verstanden?«

Ich nickte.

»Und setz dich. Dein Fußverband geht schon wieder ab.«

Ich sah nach unten. Tatsächlich. Das hatte ich gar nicht gemerkt. Es tat auch nicht weh, ich war viel zu aufgeregt, um daran zu denken. Mein ganzer Körper stand unter Strom. Ich war so froh, dass Leon hier war und mir half. Nicht auszudenken, wenn ich ganz alleine hier gewesen wäre. Ich holte tief Luft.

»Okay«, sagte ich und versuchte ein Lächeln.

Er zwinkerte mir zu, klopfte mir kurz auf die Schulter, schnappte sein Handy und ging hinaus. Ich sah ihm nach, wie er durch das Gras ging. Er sprach jetzt in sein Handy. Erleichtert schloss ich die Augen.

Mein Hals brannte und ich merkte erst jetzt, wie durstig ich war. Ich ging in Leons Küchenbereich und suchte ein Glas. Im Küchenschrank fand ich nur altmodische Kaffeetassen mit Blümchenmuster.

Passte gar nicht zu Leon, wahrscheinlich waren das Erbstücke. Daneben lagen zusammengeknüllt und reingestopft lauter Spitzendeckchen und Tischdecken.

Wahrscheinlich hatte Leons Frau so einen miesen Geschmack und er räumte alles weg, wenn er allein hier war. Mein Vater schob auch immer entnervt alle Blumenvasen zur Seite, die meine Mutter aufstellte. Ich griff tiefer in den Schrank, denn hinten konnte ich zwei Gläser stehen sehen. Etwas flutschte an meiner Hand vorbei und fiel heraus.

Eine Glückwunschkarte an eine gewisse Erika, mit besten Grüßen zum 58. Geburtstag. Leons Mutter?

Ich schob die Karte wieder in den Schrank und füllte das Glas mit Wasser. Ich kippte es in einem Zug hinunter und lauschte. Von irgendwoher kam ein lautes Kratzen. Meine Fingerspitzen wurden ganz kalt.

War da jemand? Ich sah aus dem Fenster, konnte Leon aber nirgends sehen. Was machte der so lange?

Sollte ich doch lieber mit rausgehen und bei David bleiben? Oder sollte ich den Riegel vorschieben? Es kratzte wieder. Das kam von draußen, von der Seite des Sees. Wahrscheinlich nur ein Stock, der im Wasser trieb und gegen das Boot schlug. Es war stickig hier drin, aber ich traute mich nicht, das Fenster zu öffnen. Sollte ich den Ventilator anmachen? Oder würde das Geräusch verraten, dass ich hier drin war?

Mein Blick fiel auf den Blätterstapel mit Leons Roman. So ein Mist, dass er keinen Computer mit Internet hatte. Ich lauschte wieder. Das Kratzen hatte aufgehört, aber von Leon war auch nichts zu hören. Ich setzte mich in den kleinen Sessel neben Leons Zettelkram. Ein Blatt hing heraus und ich schob es wieder in den Stapel. Dabei blieb mein Blick an einem Absatz hängen:

Jetzt kann es losgehen. Ihre Augen sind so weit aufgerissen, dass sie fast das Gesicht sprengen. Ich lächele sie an.

Wir haben Zeit. Leider kann sie nicht zurücklächeln, denn ich habe ihr vorhin den Mund zukleben müssen. Dem ungezogenen Mädchen. Warum hat sie auch so geschrien?

Dabei war das noch gar nichts. Ich habe ihr nur alle meine Schätze gezeigt, mit denen wir so viel Spaß haben werden.

Das Skalpell stammt noch von meinem Großvater, eine Antiquität. Aber das dumme Gör wusste das gar nicht zu schätzen. Hat gequiekt wie ein kleines Schwein. Ich nehme ...

Entsetzt fuhr ich zurück. Das war Leons Krimi?

Ich wünschte augenblicklich, ich hätte das nicht gelesen. Wie konnte jemand so was schreiben? Mir war zwar klar, dass die Buchläden und das Internet voller solcher Sachen waren, doch jemanden zu treffen, der sich so etwas ausdachte, war schon noch etwas anderes. Jemand so Normales wie Leon, der selber eine kleine Tochter hatte. So eine niedliche, unschuldige Kleine mit Zöpfchen ... Ich griff mir den Bilderrahmen und betrachtete das fröhliche Kindergesicht, in der Hoffnung, dass dadurch das eben Gelesene wieder aus meinem Kopf gelöscht wurde. Schockiert drehte ich das Bild hin und her und plötzlich rutschte es mir aus der Hand. Es knallte auf den Boden, das Glas zersplitterte. Verdammt! Starr vor Schreck saß ich da. Wie peinlich. Jetzt zertrümmerte ich Leon auch noch die Bude. Ich hob das Bild hoch, vielleicht war der Rahmen ja wenigstens noch ganz. Die Hinterseite aus Pappe war abgefallen und ich wollte sie gerade wieder festklemmen, als ich etwas bemerkte. Schrift. Gedrucktes aus einer Zeitschrift. Irgendwas von Erkältungsbädern. Auf der Rückseite des Fotos. Ein komisches Kribbeln setzte auf meinem Kopf ein. Ich griff nach dem Foto von Leons Tochter. Es war so dünn. Zu dünn. Dünn wie eine Seite aus einem Magazin. Ich hielt das Bild zwischen den Fingern und sah ungläubig darauf.

Leons Tochter war tatsächlich aus einer Zeitschrift ausgeschnitten. Ich schluckte, mein Mund war ganz trocken.

Mechanisch griff ich nach dem zweiten Fotorahmen, dem mit dem Bild von Leons Frau. Leons Frau?

Hastig löste ich das Bild aus dem Rahmen. Diesmal zitterte meine Hand. Genau dasselbe. Ein Bild, aus irgendeiner Zeitschrift ausgeschnitten. Vogue, Elle, irgendwas. Deswegen sah die Frau so gut aus. So perfekt. Was hatte das zu bedeuten? Ich versuchte, eine vernünftige Erklärung für die falschen Familienbilder zu finden, dabei wusste ich doch längst, dass es nur eine Erklärung dafür gab. Mein Verstand wollte sie nur nicht wahrhaben. Weigerte sich, das Offensichtliche zu glauben, denn das hieße ja ...

Ein Rascheln erklang hinter mir. Das Bild flatterte mir aus den Fingern. Und plötzlich spürte ich, dass ich nicht mehr allein war.

Ich drehte mich um.

22.

Leon stand mitten im Raum, die Lippen zu einem leichten Grinsen verzogen. Wie war er so lautlos hereingekommen?

»Na?«, sagte er. »Gefallen sie dir?«

»Was?«, stotterte ich.

Er trat näher, ohne mich dabei aus den Augen zu lassen. »Die beiden auf den Fotos. Erst wollte ich ihnen ja noch Namen geben. Aber mir fiel kein passender ein. Clara gefällt mir gut.

Vielleicht merke ich mir den für das nächste Mal.« Er lachte. »Auf jeden Fall nicht Melanie … Das ist vielleicht ein Scheißname. Passt zu der Dicken.«

In diesem Moment wusste ich, wie sich das berühmte Reh im Scheinwerferlicht fühlte. Erstarrt.

Unfähig, sich zu bewegen. Voller Panik. Und voll dummer Hoffnung, dass alles irgendwie vorbeiging, wenn es nur still stehen blieb. Es musste sich genauso fühlen wie ich, hier in Leons Hausboot, mit dem Rücken zur Wand. Gefangen.

Meine Hand umklammerte ein Stück Rahmen. So fest, dass es wehtat. »Wo ist Melanie?«, flüsterte ich.

Leons Grinsen wurde breiter. »Das möchtest du gern wissen, was? Und vielleicht erfährst du es ja auch bald. Fleißig gesucht hast du ja. Mit deinem armen, kranken

Fuß.« Er stand jetzt direkt vor mir, ich konnte das Grübchen auf der linken Wange sehen, das ich vor gefühlten tausend Jahren süß gefunden hatte, und blickte ihm direkt in seine dunklen, unbewegten Augen. Wie hatte ich die als warm und freundlich empfinden können? Mir wurde übel.

»Tut es noch weh?« Er machte ein betrübtes Gesicht. »Ich wette, es tut noch weh, wenn man so richtig drauftritt.«

»Nicht«, presste ich heraus.

Und da stieß er mich plötzlich gegen die Wand, dass ich mit dem Hinterkopf dagegenknallte und mir sekundenlang ganz schwindlig wurde. Hände zerrten an mir und ich schlug blind mit dem albernen Bilderrahmen um mich, einmal traf ich aus Versehen mein eigenes Handgelenk, etwas ratschte, ich knickte mit den Knien ein, versuchte, meine kaputte Zehe trotz allem zu schützen, und schrie auf, als meine Arme plötzlich nach hinten gedrückt wurden. Er bricht mir den Arm, war alles, was ich denken konnte.

»Keine Zicken«, sagte Leon schnaufend. Er stand neben mir, ich konnte die steile Falte zwischen seinen Augenbrauen sehen.

»Mein Arm«, schluchzte ich. »Du tust mir weh.«

»Echt?«, fragte Leon. »Und ich dachte, du bist hier die starke Indianerbraut, die nie heult.« Er hatte wieder diesen amüsierten Blick drauf, genau wie vorgestern Abend. Jetzt erst kapierte ich, dass er sich die ganze Zeit über uns lustig gemacht hatte. Wie Laborratten hatten wir uns benommen. Wie Fliegen waren wir ihm ins Netz gegangen.

Er drückte mich runter, indem er meine Arme nach oben zog, und als ich fast mit der Stirn den Holzboden berührte, holte er irgendwas aus der Schublade neben seinem Bein. Draht.

»Leon, bitte«, brachte ich gerade noch heraus, dann versetzte er mir einen Stoß.

»Leon ist auch ein Scheißname«, sagte er. »Ich weiß gar nicht, wie ich daraufgekommen bin.«

Ein scharfer Schmerz schoss durch meine Handgelenke. Er hatte sie mit Draht umwickelt, meine Hände zusammengebunden und irgendwo hinter mir festgemacht. Es brannte höllisch und ich musste alle Kraft aufbringen, um nicht zu heulen. Nicht vor ihm, vor Leon, oder wie auch immer dieser Typ hieß.

Was hatte er vor? Eine neue Welle der Übelkeit kam über mich. Sein »Roman« fiel mir ein. Oh Gott, war das sein Tagebuch? Waren das seine Fantasien? Blut pochte hinter meinen Schläfen, aber ich durfte jetzt nicht in Panik verfallen. Ich musste ruhig bleiben, denn wenn ich hysterisch herumschrie, würde er mir wahrscheinlich auch den Mund zukleben. Ich musste reden. Mit ihm reden. Solange er mir antwortete, hatte ich noch eine Chance.

»Warum gefällt dir Leon nicht?«, fragte ich, als hätten wir uns gerade bei einer Cocktailparty kennengelernt.

Er baute sich vor mir auf. »Leon heißen nur Vollidioten. Luschen.«

»Wie heißt du denn richtig?«

Ein Krächzen erklang. Nach einem kurzen Moment wurde mir klar, dass er lachte. »Du bist ja richtig lustig«, sagte er. Dann schien er zu überlegen.

»Vielleicht sage ich es dir ja noch. Später. Gibt noch
'ne Menge zu tun.«

Mir wurde kalt. Was meinte er damit? Was hatte er
vor? Das Skalpell stammt noch von meinem Großvater,
eine Antiquität. Weiterreden, immer weiterreden.
»Leon«, sagte ich schnell und es war mir egal, ob das
sein Name war oder nicht, »hast du das selbst geschrieben? Deinen Roman?«

Zum ersten Mal wurde er ernst. »Natürlich. Und ich
verspreche dir, dass ihr beide darin vorkommen werdet. Das war doch deiner Freundin so wichtig. Sie kann
unbesorgt sein. Ich halte mein Wort.« Plötzlich fing er
an zu lachen. Er lachte so sehr, dass ihm Tränen in die
Augen schössen. Es war total surreal.

»Leon« war ein kompletter Psycho, daran bestand gar
kein Zweifel. Verrückt und gefährlich, gefährlicher, als
der lächerliche Alex mit seinen Wutausbrüchen es je
gewesen wäre. Alex. Wo war der? Hatte Leon ihn ...

»Wo ist Alex?«, fragte ich mit fester Stimme. »Und
wen hast du eigentlich vorhin angerufen? Ich habe
doch gehört, wie du telefoniert hast.«

»Telefoniert!« Jetzt lachte er noch mehr. »Den Kran-
kenwagen anrufen, für euren blöden Freund, der seine
Nase in Sachen steckt, die ihn nichts angehen?«

Meinte er David? »Du hast David niedergeschlagen?«

Leon verzog das Gesicht. »Sorry. Aber der war mir ein
bisschen zu voreilig.«

»Und Alex?«

»Alex? Der Volltrottel? Der holt sich bestimmt nachher 'ne Flasche Bier von mir und ist froh, dass ihn seine
fette Freundin nicht mehr volllabert. Der wird mir
dankbar sein.«

»Melanie ist nicht fett!« Die Worte waren schneller heraus, als ich denken konnte. Dabei war es doch total egal, ob er Melanie fett fand oder nicht. Aber in mir stieg jetzt eine unbändige Wut hoch. Vergessen war meine alberne Eifersucht auf Melanie.

Wie er sich über sie lustig machte ... Über uns alle.

Wie wir nur dumme kleine Bauern in seinem irren Schachspiel waren, die er nach Belieben hin und her schieben konnte ... Was hatte er gerade über David gesagt?

»Klar ist sie fett. Aber mich stört das nicht.«

Es war das Glitzern in seinen Augen, das in diesem Moment einen Kurzschluss bei mir auslöste. »Alex!«, brüllte ich aus Leibeskräften. »Alex, ich bin hier, hilf mir!«

Eine Hand klatschte mir ins Gesicht. »Halt den Mund«, zischte Leon. »Ich warne dich. Oder besser – deine Zehe.«

Hier grinste er plötzlich wieder.

Das war es, schoss es mir durch den Kopf. Das war es jetzt. Du kommst hier nicht mehr weg. Dieser Psychopath, dieser Irre, was immer er ist, wird dich ermorden. Und du kannst nur hoffen, dass es schnell gehen wird.

Irgendetwas musste sich in meinem Gesicht verändert haben, denn Leons Augen leuchteten regelrecht auf. »So ist es recht«, sagte er leise. »Es hat doch keinen Sinn, das weißt du ja. Bist ja nicht so blöd wie die Dicke.«

Ich antwortete nicht. Ich sah starr geradeaus, an Leon vorbei. Zum Fenster hin, an dem ich eben eine Bewegung wahrgenommen hatte. Alex? Hatte er mich gehört? Nie hätte ich geglaubt, dass ich mich mal nach seinem Anblick sehnen würde. Ein Haaransatz tauchte kurz auf und verschwand wieder. Ich durfte mir nichts anmerken lassen. Musste weiterreden.

»Melanie fand dich toll«, sagte ich. Es war das Erstbeste, was mir einfiel. *Ich auch* zu sagen brachte ich nicht fertig. Wozu auch. Das wusste er ohnehin. Er nickte. »Klar fand sie das.«

War das Alex? Seine Haare waren doch viel dunkler ... Ich konnte es nicht richtig erkennen, ohne mich vorzubeugen, und das wollte ich auf keinen Fall. Die Person vor dem Fenster war meine einzige Hoffnung.

»Ich fand dich auch toll«, sagte ich jetzt trotzdem, obwohl ich ihm am liebsten auf die Füße gekotzt hätte.

Leon lächelte und sah einen Moment lang aus wie der charmante Typ von der Party am Zeltplatz. War das wirklich erst zwei Tage her? »Sicher fandest du das«, flüsterte er.

Ich hörte ihn kaum. Ich musste alle Nerven anspannen, um nicht loszuschreien. Ich konnte nicht glauben, wessen Gesicht jetzt durch das Fenster hereinsah.

Das des Jungen im Taucheranzug.

23.

Der Junge legte seinen Zeigefinger auf den Mund. Mir liefen jetzt die Tränen die Wange hinunter, ich konnte sie nicht mehr zurückhalten. Das schien Leon zu gefallen, denn er betrachtete mich erfreut. Ich sah ihn nicht an, sondern zum Fenster hin, wo der Junge mir irgendwelche Zeichen machte. Leon war wie ein Radargerät, er drehte sich sofort um. Der Junge verschwand blitzschnell. Was lief hier ab? Was wollte der?

Oder – bei dem Gedanken blieb mir fast das Herz stehen – gehörten die beiden etwa zusammen? Ich erinnerte mich an gestern, an den Kopf im Wasser. Wie der Junge regungslos zu Leon und Melanie hinübergeschaut hatte. Ohne dass Leon davon etwas gemerkt haben sollte? War das alles nur eine Show, die die beiden hier abzogen? Oder würde der Junge mir helfen? Leon runzelte die Stirn. Hatte er was bemerkt? Er drehte sich wieder zu mir um und in diesem Moment sah ich den Jungen, der wie ein Schatten in den Raum glitt. Er kam von der Seite des Sees, von Leons kleiner Veranda. Offenbar hatte Leon die Tür offen gelassen, als er selbst hereingekommen war. Der Junge trug heute ganz normale Schwimmshorts und ein T-Shirt. Er bewegte sich lautlos und zentimeterweise hinter Leon vorwärts. Ich konnte jetzt nur hoffen, dass er wirklich hier war, um mir zu helfen. Aber jeder kleine Luftzug würde ihn verraten. Ich musste weiterreden. Lärm machen.

»Leon«, sagte ich daher, diesmal absichtlich laut und auch, weil ich wusste, dass ihn der Name nervte, »Leon, was hast du eben gemeint, dass David seine Nase in Sachen gesteckt hat, die ihn nichts angehen?« Ich rutschte dabei hin und her, um die Bewegungen des Jungen zu übertönen.

»Hör auf«, ranzte Leon mich an. Dann verzog sich sein Mund jedoch zu einem spöttischen Grinsen.

»Du weißt es wirklich nicht? Bist doch nicht so schlau, wie ich dachte.«

Er redete gern darüber, wie dumm die anderen waren, das wurde mir jetzt klar. Irgendwo in meinem Kopf registrierte ich diese Schwäche. Damit konnte man ihn zum Reden bringen.

»Was ich damit gemeint habe? Seine blonde Freundin zum Beispiel. Die ihm abgehauen ist, direkt zum guten Onkel Leon.«

Der Junge stand jetzt genau hinter ihm. Er machte mir wieder irgendein Zeichen mit den Augen, aber erstens kapierte ich nicht, was er wollte, und zweitens hämmerte mein Herz jetzt so laut, dass ich gar nicht mehr klar denken konnte. Die blonde Freundin von David. Und dann nahm ich auf einmal einen neuen Geruch im Zimmer wahr. Den des Jungen, nach Wasser und Lagerfeuer, und Leon roch es auch, denn ich sah, wie sein Gesicht einen verblüfften Ausdruck annahm und er sich umdrehte. Dann ging alles rasend schnell und doch wie in Zeitlupe. Ich trat in dem Moment zu, in dem der Junge von hinten seinen Arm um Leons Hals schlang und ihn in einen Würgegriff nahm. Mein rechtes Bein war schließlich noch voll einsatzfähig. Ich sprang auf und trat, trat, trat und heulte dabei meine ganze Wut heraus.

Jemanden zu überwältigen war überhaupt nicht so, wie sie es immer in den Filmen zeigten. Nicht so elegant und aalglatt. Leons Flipflop knallte mir an den Mund, sein haariges Bein rammte mich, als er wie verrückt zappelte. Jemanden zu überwältigen tat verdammt weh. Der Draht schnitt mir ins Handgelenk, meine Lippe schwoll sofort an und ich konnte sehen, dass der Junge auch etliches abbekam. Aber er ließ nicht locker und nach einer gefühlten Ewigkeit krachte es ziemlich laut und Leon hörte auf zu kämpfen. Er lag auf dem Boden, der Junge saß auf ihm und presste Leons Gesicht nach unten. Fast wie Leon vorher bei mir. Niemand hatte etwas gesagt, die ganze Zeit lang war nur Keuchen und Schnaufen zu hören gewesen.

»Da ist Draht in der Schublade.« Ich hielt meine verbundenen Handgelenke hinter mir hoch, so gut ich konnte, um dem Jungen zu zeigen, was ich meinte.

Er sagte noch immer nichts, schob aber mit dem Ellbogen die offenstehende Schublade weiter auf, griff blitzschnell nach dem Drahtbündel und band Leon damit an das Tischbein. »Arschloch«, sagte er dann.

Leon ächzte leise.

Der Junge stand auf und ging zur Küche, griff nach einer Schere und einem der großen Messer, mit denen David vorgestern erst Gurken geschnitten hatte, und kam zurück.

Wollte er Leon abstechen? »Nicht«, sagte ich erschrocken, doch der Junge ignorierte Leon und kam auf mich zu. Was sollte das? Ich konnte nichts sagen, alles ging so schnell. Im Nu hatte er den Draht an meinem Handgelenk durchgeschnitten. »Mann«, sagte er dann endlich. »Was geht hier eigentlich ab?«

»Danke«, keuchte ich. Mir war immer noch schlecht vor Angst.

»Wer ist der Typ überhaupt? Wieso hat der dich gefesselt? Und wo sind deine Freunde?«

»Ich weiß nicht. Die sind alle weg. Das heißt, David, der liegt da hinten im Gras. Leon hat ihn zusammengeschlagen. Und Melanie ist weg. Die hat er …« Oh Gott, dachte ich. »Ich weiß nicht, was er mit ihr gemacht hat. Er verrät es nicht.« Die blonde Freundin von David. »Und ich glaube«, sagte ich, obwohl mir die Angst bald die Kehle zuschnürte, »ich glaube, er hat das blonde Mädchen getötet, das sie im Wasser gefunden haben.«

»Was?!« Der Junge riss entsetzt die Augen auf.

»Welches Mädchen?«

»Na, die aus dem Kanal. Aus der Stadt!«

Er sah mich verständnislos an. Wusste nicht, wovon ich redete, hatte offenbar noch nicht mal was davon gehört. Mir fiel ein, dass ich ihn ja noch bis vor Kurzem selbst verdächtigt hatte. »Du bist doch mit ihr hier rumgelaufen!« Im gleichen Moment begriff ich, dass das völliger Unsinn war. Diese Information hatte ich lediglich von Leon bekommen. Und deshalb, so kapierte ich jetzt, hatte der Junge sich auch überhaupt nichts dabei gedacht, als er so plötzlich aus dem Wasser aufgetaucht war. Es hatte wirklich nur Spaß sein sollen. Ich sah ihn stumm an.

»Der Typ ist ein Mörder?«

Ich zögerte kurz, nickte aber dann. »Ich bin mir ziemlich sicher. Und jetzt hat er Melanie irgendwohin geschafft.«

Der Junge biss sich auf die Lippe. »Shit, shit, shit«, fluchte er leise.

»Clara«, erklang es plötzlich von unten. Leon drehte seinen Kopf nach mir um. Er sah schrecklich aus, seine Wange war geschwollen und Blut lief ihm aus der Nase. Aber noch schrecklicher war sein widerlicher Gesichtsausdruck. Triumphierend. Es war nicht zu fassen. Leon gab noch lange nicht klein bei. »Du wirst dich doch nicht mit dem bösen Jungen einlassen? Der wollte dich ins Wasser zerren, schon vergessen?« Leon wieherte regelrecht.

»Halt die Fresse«, sagte der Junge. Er sah mich an.

»Sorry, dass ich dich so erschreckt habe, aber ...«

»Schon gut«, sagte ich hastig. »Hilf mir jetzt, das ist wichtiger. Geht dein Handy? Wir müssen die Polizei anrufen.«

»Ich bin Bastian.« Er holte tief Luft und wisperte nur, damit Leon ihn nicht hörte. »Und ich hab kein Handy.«

»Was?«

»Ich hab kein Handy.«

Ich konnte es nicht glauben. Jeder hatte ein Handy! Wer kein Handy hatte, war nur ein halber Mensch.

Und außerdem hatte Leon ihn trotzdem gehört.

»Der Bastian hat kein Handy.« Er lachte und spuckte etwas auf den Boden. »So ein Pech. Clara hat nämlich auch keins mehr.«

»Halt die Fresse«, sagte Bastian wieder und versetzte Leon einen Tritt. »Sonst schmeiß ich dich in den See, so wie du bist.«

»Ach ja?« Leon gab ein Geräusch von sich, das wie ein Glucksen klang. »Mach das mal. Dann findet ihr die Dicke nie.«

Das Pochen in meinem Kopf setzte wieder ein.

Dieser verdammte Mistkerl hatte Melanie irgendwo versteckt. Und wenn er uns nicht freiwillig sagte, wo sie war, würden wir sie nie finden. Bastian kniete sich plötzlich hin und zerrte an Leon. »Hat der ein Handy?«, fragte er mich.

»Ja. Er hat vorhin ...« Ich brach ab. Natürlich hatte Leon nicht telefoniert. »Er hat irgendwo eins.«

Bastian durchsuchte Leons Hosentaschen und klopfte an ihm herum. »Nichts. Wo ist es?«

»Bind mich los, dann sag ich's dir.«

Ich schüttelte heftig den Kopf. Bastian nickte unmerklich. Mein Blick fiel auf Leons Zettelkram und etwas schnürte mir die Kehle zu. Ob Melanie überhaupt noch lebte? Hatte das, was Leon geschrieben hatte, etwas mit der Blonden zu tun? Oder mit Mellie?

»Wir könnten zum nächsten Dorf paddeln«, sagte ich leise. »Und David mitnehmen. Alex muss ja auch irgendwo sein.«

»Dauert zu lange. Wir suchen sie«, erwiderte Bastian. »Irgendwo hier muss sie ja sein. Und vielleicht finden wir auch das verdammte Telefon.«

»Ja, irgendwo muss sie sein«, echote Leon. Sein Körper zuckte vor Lachen.

Ich wandte mich ab. Ich konnte ihn einfach nicht ertragen.

»Melanie«, rief ich wieder, so laut ich konnte. »Melanie!« Es blieb still.

»Ooch«, sagte Leon. »Ich glaube, die hört dich nicht mehr. Der ist wohl die Puste ausgegangen.«

Seine Worte waren wie Messerstiche mitten in mein Herz. Ich wollte mich auf ihn stürzen und in dieses höhnische Gesicht schlagen, immer wieder, bis er endlich aufhörte zu grinsen und mir verriet, wo meine beste Freundin war.

»Komm.« Bastian hatte mir wohl angesehen, was in mir vorging. »Lass.« Er zog mich weg und fing ebenfalls an zu rufen. Er öffnete eine kleine Tür, dahinter waren nur Besen und Putzmittel.

»Fasst ja meine Wischlappen nicht an«, johlte Leon und jetzt dämmerte mir endlich, dass das gar nicht sein Boot war. Die kitschigen Tassen, die Glückwunschkarte, der selbst gemachte Holunderwein …

Wieso war mir das vorgestern nicht schon aufgefallen? Hatte Leon sich deshalb so schnell verzogen, als der Mann vom Wasserbus hier angeln kam?

»Melanie, Melanie!« Ich war wie von Sinnen. Ich öffnete eine Tür. Ein ungemachtes Bett und ein Schrank. Darin hingen Schürzen, Frauenkleider. Ich stieß mit der Hand hinein. Nichts. Keine Melanie.

Ich hörte Bastian rufen, sah ihn Dinge hochheben und darunterschauen. Er suchte das Handy. Wie aus weiter Ferne tönte ab und zu Leons Stimme, die unsere Suche höhnisch kommentierte.

Wir hätten ihm den Mund zukleben sollen. Ich öffnete eine weitere Tür, dahinter verbarg sich ein Bett, das mit Entchenbettwäsche bezogen war. Für ein Kind. Die Gummiente fiel mir ein. Der Schwimmreifen. Wie leichtgläubig man doch war, wenn man keinen Grund sah, etwas anderes anzunehmen. Ich hatte mich ja nicht mal gewundert, was ein Familienvater nachts auf dem Campingplatz mit jemandem wie Chantal zu schaffen hatte. Hier war Melanie auch nicht, weder unterm Bett noch im Schrank.

Bastian kam aus dem kleinen Bad und schüttelte den Kopf. Nichts.

»Was hat er gemeint – ihr ist die Puste ausgegangen?«, fragte er mich leise.

Ich schniefte und zog leicht die Schultern hoch.

Was wohl. »Er ist irre«, sagte ich. »Er hat irgendwelche Tötungsfantasien aufgeschrieben. Er heißt auch nicht Leon.«

Ein winziges Lächeln zuckte kurz in Bastians Gesicht auf. »Ach nee«, sagte er. Dann fasste er mich mit beiden Händen an den Schultern und sah mich eindringlich an. »Denk nach«, sagte er. »Du warst doch schon mal hier, oder? Ich hab euch doch vorgestern gesehen. Was gibt es hier noch, wo man jemanden verstecken kann? Wo«, er zögerte kurz, »wo einem die Luft ausgehen kann.«

»Der See?«, platzte ich heraus und schluchzte laut. »Shit«, sagte Bastian wieder. »Ich knöpfe ihn mir noch mal vor.«

»Warte!«, sagte ich aufgeregt. Da war was. Da draußen vor dem kleinen Badfenster. Etwas, das ich kannte, ich konnte es nur nicht einordnen. Ich schob Bastian zur Seite, kletterte auf das Klo und schmiss dabei eine Rolle Klopapier in der Häkelhülle runter.

Ich riss das Fenster auf und schaute raus. Genau davor war ein Busch. Das Fenster ging nach hinten raus, den Busch konnte man von unserem Hausboot aus nicht wahrnehmen. Doch jetzt stieg die Erinnerung plötzlich in mir hoch. An eine rosa Blüte im Haar eines toten Mädchens. Genau so eine, wie sie hier zu Dutzenden an dem Busch wuchsen.

»Sie ist hier«, sagte ich. »Melanie ist irgendwo hier bei dem Busch.«

24.

Am liebsten wäre ich sofort durch das kleine Fenster hinausgeklettert, aber es war zu eng. Ich schob Bastian zur Seite und lief aus dem kleinen Bad zurück in den Wohnbereich. Leon sah hoch. »Na, so was. Immer noch keine Melanie?«, fragte er spöttisch.

Ich ignorierte ihn und ging raus auf seine kleine Veranda.

Erst vorgestern Abend hatten wir hier gesessen und Wein getrunken, auf dem Tisch standen noch leere Gläser und ein voller Aschenbecher.

Wahrscheinlich von gestern, von ihm und Melanie.

Sie kamen mir vor wie Requisiten aus einem anderen Leben.

»Was meinst du mit ›sie ist dort bei dem Busch‹?«

Bastian war mir gefolgt.

»Dieses Mädchen, das sie gefunden haben, bei der hing genau so eine Blüte in den Haaren. Und sieh mal – dort im Wasser!« Ich beugte mich vor und sah um die Ecke. Von hier aus konnte man den Busch erkennen, wenn man sich weit genug rausstreckte.

Das Wasser unter dem Busch war voller rosa Blüten, wie ein schwimmender Teppich sah das aus.

»Du meinst ...?«

Ich nickte. »Ich meine, dass das Mädchen irgendwann mal da im Wasser lag. Sonst hätte sich das Ding nicht in ihren Haaren verfangen. Und da ich mir jetzt ziemlich sicher bin, dass Leon sie umgebracht hat, ist es sehr wahrscheinlich, dass demnächst meine Freundin dort im Wasser treibt, mit rosa Blumen im Haar.« Bei den letzten Worten war meine Stimme nur noch ein ersticktes Schluchzen. »Also ist sie hier irgendwo, meinst du nicht?«

Bastian überlegte. »Kann sein«, sagte er. »Aber genauso gut kann so ein Busch auch irgendwo anders wachsen, schließlich haben sie die Tote doch nicht hier gefunden, oder? Sie haben sie doch in der Stadt gefunden, hast du erzählt.«

Ich überlegte und schüttelte dann sofort den Kopf. »Ja, sie haben sie dort gefunden. Aber da war nicht so ein Busch, das weiß ich ganz genau.« Einen Moment lang rief ich mir noch einmal die Szene am kleinen Hafen ins Gedächtnis zurück – die Schwäne, das Café, die kleine Brücke. »Da war kein Busch, dort am kleinen Hafen. Nur der Kanal und Bäume und eine Schwanenfamilie.«

»Am kleinen Hafen, sagst du?« Bastian sah mich aufmerksam an. Völlig unpassend in dieser Situation fiel mir auf, dass er schöne braune Augen mit ganz dichten Wimpern hatte.

»Ja.«

Bastian ballte die Finger zur Faust und klopfte damit ungeduldig an seinen Oberschenkel. »Ich bin mir nicht ganz sicher«, sagte er dann, »aber ich glaube, dieser kleine Flussarm da hinten führt direkt in die Stadt, ganz schnell. Man kann nur nicht durchpaddeln, das habe ich probiert, war zu sehr zugewachsen.«

Ich starrte ihn an. Was hatte er gerade gesagt? Wo hatte ich das schon gehört? Dann wusste ich es.

»Genau«, flüsterte ich. »Jetzt, wo du es sagst, erinnere ich mich. Das hat dieser Typ uns am Anfang gesagt, der vom Wasserbus. Das heißt, von hier aus gibt es einen Wasserweg in die Stadt?«

»Na ja, Wasserweg ... Man könnte vielleicht durchwaten. Oder schwimmen.«

»Oder treiben.« Das rutschte mir ohne mein Zutun heraus. Treiben, wie die Leiche des blonden Mädchens.

Wir sahen uns an. Dann kletterte Bastian hastig auf das kleine Verandageländer, zog sein T-Shirt aus und sprang ins Wasser. Er war im Nu weg. Suchte er den Grund ab?

»Mellie«, wollte ich rufen, aber der Kloß in meinem Hals wurde von Minute zu Minute größer. Ich würde es nicht ertragen, wenn er Melanies Körper da unten zwischen den Schlingpflanzen fand.

Bastian tauchte auf, er schnappte nach Luft. »Hier ist sie nicht. Ich tauche um das ganze Ding rum, bleib du hier stehen, okay?«

Ich nickte, wollte was sagen, da war er schon wieder weg. Ich wartete und verlor jegliches Zeitgefühl.

Ich konzentrierte mich stur darauf, nicht loszuplärren wie ein Baby. Ich sah mich und Melanie an unserem ersten Schultag, sah uns Eis essen und Frisuren ausprobieren und Aufkleber tauschen. Melanie war meine beste Freundin und ich hatte sie überredet, in diesen schrecklichen Urlaub mitzukommen. Es war meine Schuld, wenn sie ...

»Clara!« Bastian war urplötzlich wieder aufgetaucht. »Kannst du mir einen Hammer bringen? Irgendein Werkzeug?«

»Was?«

»Etwas Hartes, zum Draufschlagen. Hinten an der Rückseite des Hausbootes ist so eine kleine komische Tür außen dran. Mit einem fetten Schloss an einem Riegel.«

Ich antwortete nicht. Ich flog geradezu zurück in das Innere des Bootes, nahm nur aus den Augenwinkeln die gekrümmte Figur von Leon wahr, der gerade versuchte, sich aufzurichten, und dabei scheiterte; stürzte in die Küche und sah mich verzweifelt um. Hammer, Beil, war hier so was? Wo bewahrten die richtigen Besitzer dieses Bootes solche Dinge auf? Ich kniete mich hin und riss alle Küchenschränke auf.

»Hey«, kam es von Leon. »Bind mich los, ich zeig dir, wo Melanie ist.«

Ich reagierte nicht. Da hinten im Schrank waren Kerzen, Alufolie, Glühbirnen und ...« Ich kroch bald in das Fach hinein.

»Bind mich los, du blöde Kuh!«

Ein Schraubenzieher! Ein dicker, schwerer Schraubenzieher, mindestens dreißig Zentimeter lang. Ich schnappte ihn mir, er lag herrlich schwer in der Hand. Damit würde Bastian die Tür öffnen können.

Ich hetzte, so gut es mit meinem Fuß ging, wieder hinaus, vorbei an Leon, der versuchte, sich mir in den Weg zu rollen.

»Bastian!« Ich wedelte draußen auf der Veranda triumphierend mit dem Schraubenzieher. »Geht das?«

Er nickte und ich warf ihm das Ding runter. Bastian tauchte sofort wieder unter.

»Warte«, rief ich. »Warte, ich will mit!« In diesem Moment war mir mein Fuß egal. Ich kletterte auf die Brüstung und sprang hinterher.

Es tat überhaupt nicht weh. Ich riss unter Wasser die Augen auf und war überrascht – es schien nicht mal zwei Meter tief zu sein. Dunkler Schlamm wirbelte auf, ich wedelte mit dem rechten Arm vor meinen Augen, um etwas zu sehen. Da war die Bootswand, genau vor mir. Ich tauchte wieder hoch und fand mich mitten in dem rosa Blütenmeer wieder. »Bastian?« Ich spuckte Wasser aus. Dann hörte ich etwas knallen, es kam von links. Ich schwamm in die Richtung, aus der das Geräusch kam, durch dicke, grüne Pflanzen, die wahrscheinlich irgendwann mal Seerosen sein wollten. Weiter vorn war Schilf und Matsch, ich versuchte, im tieferen Wasser zu bleiben.

Wieder ein Knallen. Da war Bastian, er hielt sich mit der linken Hand an einer dicken Holzkante am Bug des Bootes fest und hämmerte mit der rechten. Keine drei Meter von mir entfernt.

Er hörte einen Moment lang auf zu hämmern und sah mich fragend an.

»Na los!«, japste ich.

Er machte weiter. Würgte den Schraubenzieher zwischen Schloss und Riegel und versuchte, ihn aufzustemmen.

»Es ist nicht ganz zu«, presste er heraus. »Ich hab's gleich auf.« Und als er wieder daran zerrte, ging das Schloss zwar nicht auf, aber er hielt plötzlich ein Stück morsches Holz in der Hand, an dem Schloss und Riegel hingen.

Während er es noch erstaunt betrachtete, hechtete ich neben ihn und riss die kleine Tür auf.

Melanie lag in einem winzigen Verschlag, kaum größer als ein Stuhl. Zusammengerollt wie ein Embryo, Klebeband über dem Mund, Hände und Füße mit Draht verschnürt.

Ihre Augen waren geschlossen. Sie bewegte sich nicht.

»Melanie?« Meine Stimme war ganz rau. »Mellie?

Hörst du mich?« Tief aus meiner Brust rollte etwas hoch, ein schreckliches, gequältes Schluchzen, ein Schrei, der hinauswollte.

In dem Moment öffneten sich ihre Augen einen Spalt weit.

25.

Noch nie in meinem Leben hatte ich so eine Erleichterung verspürt. Melanie blinzelte und gab einen Ton von sich, der mich an eine kleine kranke Katze erinnerte. Bastian und ich hingen immer noch im Wasser und klammerten uns an die Holzkante.

»Wir müssen ihr das Klebeband abmachen«, sagte ich rasch zu Bastian. »Sie kann doch kaum atmen.«

Das Klebeband reichte ihr fast bis hoch an die Nase.

Was für ein brutales Schwein Leon war, dachte ich voller Wut, dann hielt ich mich mit einer Hand am Boot fest und bemühte mich, mit der anderen dieses feste Ding abzuziehen. Sanft ging es nicht. Ich würde ihr wehtun müssen.

»Melanie«, sagte ich behutsam, »es ist alles gut, er kann dir nichts mehr tun. Ich mach dir jetzt das Klebeband ab, okay? Dann kannst du besser atmen. Es tut nur ein ganz kleines bisschen weh.« Ich wusste, dass ich log, aber es ging nicht anders. Bastian und ich wechselten kurz einen Blick, dann hielt er Melanie, so gut es ging, fest und tätschelte ihr beruhigend den Arm, während ich das Band mit einem Ruck abzog. Es ratschte, Melanie zuckte kurz auf und stieß ein Wimmern aus. Dann sackte sie wieder in sich zusammen. Sie blutete am Kinn, wahrscheinlich hatte ich das sogar verursacht. Dann murmelte sie etwas.

Ich zog mich hoch, ignorierte die Splitter in meiner Hand, kroch halb in den Verschlag hinein und hielt meinen Kopf nahe an ihren Mund. »Was?«

Sie öffnete leicht ihre Lippen, die trocken und aufgesprungen waren, aber sie brachte nichts heraus.

»Alles wird gut, Mellie, alles wird gut«, flüsterte ich. Tränen liefen mir übers Gesicht, Rotz verstopfte meine Nase. Ich bekam kaum Luft. So musste Melanie sich die letzten Stunden gefühlt haben ... wer weiß, wie lange sie schon so zusammengequetscht da drin gelegen hatte.

»Los«, sagte Bastian. »Wir bringen sie vor.« Er packte Melanie mit der rechten Hand am Arm und zog sie aus dem kleinen Loch heraus. Sie rutschte sofort ins Wasser. Das schien sie zu beleben, ihre Augen öffneten sich ganz und sie sah mich an. »Was zu trinken.« Es war kaum zu hören.

Ich merkte, wie mir wieder Tränen in die Augen stiegen. Aber ich durfte Melanie nicht noch mehr Angst einjagen. So zwang ich mich zu einem fröhlichen Gesicht, strich ihr übers Haar und sagte: »Ja, Mellie, keine Bange. Wir schaffen dich vor zum Boot.

Hey, da gibt's sogar Cola light, dein Lieblingsgetränk.« Ich plapperte dämliches Zeug, das war mir schon klar, und selbst wenn ich es nicht gewusst hätte – Bastians Blick sagte alles. Cola light! Aber es war mir egal. Ich wollte, dass Melanie mir zuhörte, ich wollte sie aufmuntern und ablenken und irgendwie dazu bringen, nicht an den Verrückten zu denken, der ihr das angetan hatte. Und es wirkte. Es war ganz schwach, aber dennoch nicht zu übersehen – das kleine schiefe Lächeln in ihrem Mundwinkel.

Wir schwammen vor zu Leons Bootssteg, Melanie in der Mitte zwischen uns. Es war total anstrengend, mit nur einem Arm zu schwimmen, aber als wir sie aus dem Wasser zogen, konnte sie schon ein kleines bisschen mithelfen, ich fragte mich, was Leon mit ihr gemacht hatte. Sie war völlig fertig, zitterte richtig.

Bastian keuchte vor Anstrengung, er hatte Melanie auf den Steg hochgezogen, ich kniete schnaufend daneben. Wir waren alle klitschnass, die Sonne knallte jetzt herunter, die Insekten tanzten und surrten, und wer uns von Weitem gesehen hätte, wäre wahrscheinlich der Meinung gewesen, drei vom Schwimmen erschöpfte Jugendliche vor sich zu haben, die den schönen Sommertag nutzten.

»Polizei ... anrufen ...«, stieß ich heraus. Bastian nickte und stemmte die Hände in die Seiten wie nach einem Hundertmeterlauf. »Ich hab das Handy von dem Arschloch nicht gefunden«, sagte er.

»Wieso hast du eigentlich keins?«, fragte ich wütend, sobald ich wieder genug Luft bekam. Wie einfach dann alles gewesen wäre. Bastian bekam einen ganz seltsamen Gesichtsausdruck. Fast verlegen. »Ist 'ne lange Geschichte«, sagte er nur.

Ich schüttelte entnervt den Kopf. »Und jetzt?«

Dann fiel mir was ein. »Alex hat auch ein Handy. Der läuft hier doch irgendwo rum, ich verstehe gar nicht, wieso der noch nicht wieder da ist. Den müssen wir suchen.« Ich stand auf und machte einen Trichter aus meinen Händen. »Alex!«, brüllte ich. »Wo bist du?«

»Ich hab Durst.« Das kam von Melanie, diesmal kräftiger.

Mann, wie konnten wir hier Zeit verplempern, wenn Melanie am Verdursten war? »Such dir ein Handy. Alarmiere jemanden, irgendwen. Bitte!«, sagte ich zu Bastian. »Ich kümmere mich um Mellie.«

»Okay. Ich fahr mit dem Boot los. Ich kann schnell paddeln. Ich schaffe es vielleicht in zwanzig Minuten bis ins nächste Dorf.«

»Du musst. Beeil dich!«

Er antwortete nicht. Er rannte los zu seinem kleinen Paddelboot, das an unserem Steg festgebunden war, wie ich erst jetzt bemerkte. Warum war Bastian eigentlich hier aufgetaucht? Das würde ich ihn fragen. Später, wenn er zurückkam. Wenn alles gut ging.

»Mellie«, sagte ich behutsam. »Ich schneide dir gleich den Draht auf.« Verdammt. Kurz darauf bereute ich meine voreiligen Worte. Unser Boot war viel zu weit weg, das würde sie nicht schaffen. Und abgesehen davon befand sich das einzige scharfe

Messer, die einzige Schere, die diesen Scheißdraht durchkriegen würde, in Leons Hausboot. Oh Gott.

Das Letzte, was ich wollte, war, noch einmal da reinzugehen. Eine Sekunde lang überlegte ich, ob ich Melanie nicht einfach gefesselt lassen sollte, bis die Polizei kam. Doch dann stellte ich mir vor, wie hilflos sie sich fühlen musste. In welche Panik sie der Gedanke versetzen musste, sich nicht wehren zu können.

Hatte sie mich überhaupt gehört? Ja. Sie nickte dankbar. Okay, ich musste es tun. »Und deshalb«, ich bemühte mich um einen sorglosen Ton, obwohl mir die Angst wie eine glitschige Ratte im Nacken saß, »deshalb geh ich mal kurz da rein und hole die

Schere.« Da verzerrte sich plötzlich ihr Gesicht voller Angst. »Leon?«, fragte sie.

»Ist am Tisch festgebunden. Mit seinem eigenen Scheißdraht. Der tut dir nichts mehr.« Hoffentlich.

Hoffentlich! Mein Herz galoppierte wie irrsinnig und ich merkte, wie sich mein Lächeln zu einer Grimasse verzog, einer Grimasse aus schierem Horror.

Melanie durfte das nicht sehen. Ich biss die Zähne so fest zusammen, dass es knirschte, dass es wehtat.

Es half. Der Schmerz lähmte alles andere. Es beruhigte mich, wenn auch nur kurz.

Melanies Augenlider flatterten, aber sie erwiderte nichts. Ich hatte das Gefühl, dass sie schon wieder wegdriftete. »Ich komme gleich zurück«, sagte ich schnell und stürzte in Leons Hausboot hinein, bevor die Angst mich erneut einholte.

Er befand sich immer noch auf dem Boden, auch wenn es mir irgendwie so vorkam, als ob er sich aufrechter und stabiler hielt. Er grinste. Dieser Mistkerl grinste immer noch und zeigte dabei sein Grübchen. Wie konnte das Böse nur so attraktiv aussehen?

»Na«, sagte er munter. »Hast du gebadet?«

Ich stellte mich vor ihn hin, obwohl mir das Herz bis zum Hals klopfte. »Wir haben Melanie gefunden.«

Leons Gesicht wurde eine Sekunde lang ganz starr und ich sah, wie ihm der Schweiß auf die Schläfen trat. Aber er hatte sich sofort wieder im Griff.

»Schön«, sagte er. »Dann komme ich ja doch noch zu meinem Vergnügen.«

»Du bist das Letzte«, zischte ich, dann ließ ich ihn liegen und rannte in die Küche. Wo war die Schere hin, mit der Bastian meinen Draht gelöst hatte? Ich wollte nicht zu Leon sehen, musste es aber doch automatisch. Lag sie etwa noch dort, bei ihm? Wo war das Messer? Angst quoll in mir hoch, und wenn ich mich nicht zusammenriss, würde ich gleich wieder anfangen zu heulen. Ich sah gegen meinen Willen noch einmal zu ihm rüber. Er beobachtete mich.

Belustigt.

»Suchst du was?«, fragte er interessiert. Ich ignorierte ihn. Kniete mich auf den Fußboden in der Küche. Mein Blick wanderte kurz zu dem Küchenschrank, wo oben die Spitzendeckchen der unbekannten Besitzer herausquollen. Zwischen mir und Leon war jetzt der Küchentresen. Gott sei Dank, so konnte er mich nicht sehen, die Küchenmöbel und all das gaben mir Blickschutz. Ich ihn allerdings auch nicht. Wo war die scheiß Schere, wo das Messer? Wo hatte Bastian die hingelegt?

»Hey«, erklang wieder Leons Stimme. »Ihr wolltet doch so gern in meinem Krimi mitspielen. Die andere ist mir ja leider aus Versehen ertrunken, als sie abhauen wollte. Das hab ich dummerweise verpasst, war bestimmt gut.«

Ich hielt den Atem an. So war das also. Ich hatte es zwar geahnt, aber es direkt aus Leons Mund zu hören, das war doch noch etwas anderes. Das blonde Mädchen hatte offenbar auch in dem winzigen Verschlag gesteckt? Und war dann dort ertrunken?

»Du kannst im Knast zehn Krimis schreiben«, rief ich zurück. »Denn da wirst du für den Rest deines Lebens hocken.«

»Ach ja? Da wäre ich mir nicht so sicher. Erst mal werde ich ein bisschen Spaß mit meinen beiden Freundinnen haben. Besonders mit dir. Du hast ja schon das Programm gelesen.« Hier wieherte er laut vor Vergnügen auf. Ich beschloss, nichts mehr zu sagen. Es hatte keinen Zweck, außerdem sah ich jetzt den orangefarbenen Griff der Schere. Sie musste vom Küchentresen gefallen und unter den Kühlschrank gerutscht sein. Ich streckte meine Hand danach aus. Und wenn ich Leon ignorierte, ärgerte ihn das viel mehr, so viel war klar. Vielleicht würde sich irgendwann eine Gefängnispsychologin diesen Psychopathen vorknöpfen und seine durchgeknallten Gehirnwindungen erforschen. Ich hatte es nicht vor und Leon schien dasselbe zu denken, denn er antwortete nicht mehr. Gott sei Dank. Ich kam wieder hoch, die Schere fest in der Hand. Nur das Plätschern des Sees von draußen war jetzt zu hören.

Komisch war es allerdings schon, dass Leon so plötzlich verstummt war. Er hielt sich doch für den Größten und ließ sich wohl kaum von einem Teenager zurechtweisen. Egal. Ich nahm schnell ein Glas, um es am Wasserhahn für Melanie zu füllen. Während das Wasser einfloss, überkam mich auf einmal ein ganz eigenartiges Gefühl. Aus dem linken Augenwinkel hatte ich etwas wahrgenommen, das anders war als vorhin. Ich drehte mich langsam um, das Wasser floss weiter, floss über, spritzte auf den Boden. Ich schluckte. Etwas fing an, in meinem Bauch zu schlingern und zu meinem Kopf weiterzuwandern. Da war kein Leon mehr auf dem Boden. Da war nur noch durchgeschnittener Draht.

Oh verdammt, was sollte ich jetzt tun? Was sollte ich nur machen? Ich saß hier fest wie eine Maus in der Falle. Um rauszukommen, musste ich mitten durch das Wohnzimmer laufen, vorbei an dem kleinen Gang rechts, der zu den Schlafzimmern und dem Bad führte, und vorbei an der kleinen Wand, hinter die ich nicht sehen konnte. Leon konnte im Gang stehen, er konnte hinter der Wand hocken, hinter der Couch ... Aber wenn ich hier einfach wartete wie ein Lamm ... Und Melanie war draußen vor der Tür, immer noch mit festem Draht um ihre Hände. Panik schnitt mir die Luft ab, ich fing an zu zittern.

Wie sollte ich herausfinden, wo er sich befand?

Doch in der nächsten Sekunde wusste ich, dass diese Frage überflüssig war. Denn von irgendwoher, ganz in meiner Nähe, kam jetzt Leons Stimme, heiser und voller Schadenfreude.

»Na? Jetzt wird es doch noch gemütlich, was?«

Ich umklammerte die Schere mit meinen Fingern.

26.

Der Plastikgriff der Schere drückte in meinen Handballen. Ich stand genau hinter dem Küchentresen und durchforstete mit den Augen das Wohnzimmer vor mir. Nichts zu sehen. Dann drehte ich mich halb zur Seite. Rechts ging es aus der Küchenecke heraus,

den kleinen Gang entlang zu den Schlafzimmern und zum Bad. Wo war er? Lauerte er im Halbdunkel der offenen Schlafzimmertür? Oder hockte er irgendwo im Wohnzimmer auf dem Boden? Ich musste ihn noch mal hören, damit ich einschätzen konnte, wo er war. Ich musste ihn zum Reden bringen. Was sollte ich nur sagen? Mein Kopf war wie leer gefegt. Leon wollte immer bestätigt bekommen, wie schlau er doch war, erinnerte ich mich plötzlich.

»Leon«, rief ich also ins Blaue hinein, »wenn du wirklich so clever bist, wie du immer behauptest, wieso hast du dann David niedergeschlagen? Weil er dir zu voreilig war? Das kapier ich nicht.«

Einen Moment lang herrschte Stille und ich dachte schon verzweifelt, dass er mich durchschaut hatte, aber dann erklang auf einmal wieder seine näselnde Stimme. Von rechts. Von den Schlafzimmern.

»Weil er mir ein Loch in den Bauch gefragt hat beim Kochen. Über meine Bücher.« Hier gab Leon ein Grunzen von sich, halb amüsiert, halb verärgert.

»Euer Koch mit den zerschnippelten Fingern ist nämlich ein Krimifan, wer hätte das gedacht. Ich hab ihm gesagt, dass ich nur in Schweden gelesen werde.«

»Aha«, machte ich. Rede weiter. Berausche dich an deiner tollen Cleverness, du widerlicher Typ. Hauptsache, du redest. Dann weiß ich, wo du dich aufhältst. »In Schweden.«

»Genau. Schwedische Krimis. Den Witz hat er nicht kapiert. Dafür hat's dann doch nicht gereicht. Aber in meinen Sachen rumgeschnüffelt hat er, genau wie du.«

Mir wurde ganz heiß. David hatte schon gestern Abend Leons widerliches Zeug gelesen und uns nichts gesagt? Wie blöd war er denn nur? »So ein Idiot«, rutschte es mir heraus.

»Genau!« Leon klang begeistert. »Dann fing er auch noch damit an, dass er mir nicht abnimmt, dass ich Krimis schreiben würde. Klugscheißer. Das hat er nun davon.«

Wieder so ein Grunzen. Warum hatte David nichts gesagt? Warum nur?

Ich hörte ein kleines Knacken. Bewegte Leon sich heimlich vorwärts? Sollte ich mich auf den Küchentresen schwingen, darüberhechten und durch das Wohnzimmer nach draußen rennen? Was, wenn ich dabei abrutschte, ausrutschte, hinfiel? Mein Blick irrte hin und her. Wo war das Arschloch? »David hat also das blonde Mädchen gekannt?«, bohrte ich weiter. »Das war seine Freundin?«

»Was weiß ich, zu wem die kleine Schlampe gehört hat.« Aus Leons Stimme klang totale Gleichgültigkeit.

Das Mädchen war ihm so egal wie ein Fisch im See. Melanie war ihm genauso egal. Ich auch. Wir waren kleine Stationen auf seinem kriminellen Weg.

Wer Pech hatte, blieb liegen. Ich würde kein Pech haben. Ich nicht! Hastig sah ich mich um.

»Eins, zwei, drei – ich komme«, sagte Leon. Hörte ich die Stimme jetzt von links? Vom Wohnzimmer? Wie konnte das sein? Ich war kurz davor, in Panik auszubrechen. Dann fiel mir auf einmal etwas auf: Am Ende des Tresens, direkt neben der Eingangstür, konnte man die Tischoberfläche hochklappen, es war gar kein fester Tisch. Wenn ich die Platte hochklappte, war ich im Nu an der Tür und musste sie nur noch öffnen. Dann war ich draußen. Was dann geschehen sollte, wusste ich zwar auch nicht, aber es erschien mir auf jeden Fall besser, als hier drinnen mit Leon gefangen zu sein. »Hey«, rief ich laut und fuchtelte dabei mit den Armen, damit ich eine Packung Toastbrot umschmeißen konnte, die dort stand. Die wiederum knallte an eine Tasse wie ein Domino und die Tasse fiel herunter. Das musste als Ablenkung reichen. Rasch schob ich mich zu der aufklappbaren Tischplatte vor.

Leon hatte nicht reagiert. Wo war er? Ich hatte schätzungsweise eine Zehntelsekunde Zeit, die Tischplatte hochzuklappen, durch den engen Spalt durchzurutschen und gleichzeitig die Tür nach draußen zu öffnen. Ich holte Luft, wuchtete die Klappe hoch, stürzte los und schlug meine rechte Hand auf die Türklinke. In diesem Moment spürte ich den eisernen Griff um meinen Knöchel und sah nach unten. Leon hockte auf dem Boden, genau vor dem verdammten Küchentresen. Er musste sich lautlos dahin geschlichen haben oder er hatte die ganze Zeit dort gewartet.

Er riss die Augen in gespieltem Entsetzen auf.

»Buh!«

Ich klammerte mich trotzdem weiter an die Klinke, auch wenn abzusehen war, dass ich gleich hinfallen würde. Die Tür war der Weg in die Freiheit, doch ich rutschte weg, weil Leon an meinem Bein zerrte wie an dem einer Gummipuppe. Mein Knie schleifte am Holzboden entlang, aber ich ließ die Türklinke nicht los, und dann glitt sie mir doch aus der Hand, aber nicht weil Leon so stark war, sondern weil jemand sie von draußen aufriss. Fassungslos sah ich auf die große, dunkle Gestalt, die im Türrahmen erschienen war wie eine Vision. Immer noch im Polohemd, mit noch viel wütenderem Gesichtsausdruck als beim letzten Mal – sofern das möglich war –, stand der Mann vor uns, der mir erst vor Kurzem im Wald mein Handy abgeknöpft hatte.

»Ganz ruhig, Freundchen«, sagte er. »Aufstehen, Hände weg, aber los. Die Polizei ist gleich hier.«

Ich hörte eine Art Fauchen hinter mir, das offenbar von Leon kam, dann spürte ich einen kleinen Windzug, als er aufsprang und sich auf den Mann stürzte, das Gesicht zornig, sein schmieriges Grinsen ausgelöscht.

Eigentlich war das die Gelegenheit wegzurennen, Melanie draußen zu schnappen und dann ins Wasser zu springen und zu unserem Hausboot zu schwimmen. Aber es ging nicht. Ich stand da wie gelähmt und guckte zu, wie sich die beiden Männer vor mir schlugen. Richtig schlugen, nicht nur so ein tänzelndes Gefuchtel veranstalteten, wie die Typen aus dem Klub in unserer

Siedlung, wenn sie sich im Suff in die Haare kamen. Leon übte irgendwelche Boxhiebe aus, während der Mann so eine Art Karate vollführte. Er war erstaunlich schnell, zischte dauernd so etwas wie »Na komm schon« und schien das Ganze fast zu genießen.

Auf einmal kam er mir gar nicht mehr so alt vor. Dann fingen sie an zu ringen wie zwei Bären. Und als ich irgendwann aus meiner Schockstarre erwachte, die Tür aufstieß und zu Melanie raussah, die jetzt aufrecht auf dem Steg saß und die immer noch gefesselten Hände erschrocken vor den Mund hielt, da trat der Mann noch mal kräftig zu und Leon kippte vornüber.

Wenn mir jemand vor drei Stunden prophezeit hätte, dass der alte Typ aus dem weißen Hausboot, der mir mein kostbares Handy abgeknöpft hatte, nur wenig später mein Held sein würde – ich hätte denjenigen für verrückt erklärt.

»Polizei ist unterwegs«, keuchte der Mann. »Hab sie angerufen.«

»Mit meinem Handy?«, fragte ich perplex. Als hätte ich gerade keine anderen Sorgen. Mit halbem Ohr nahm ich ein merkwürdiges Geknatter irgendwo wahr. Melanie rappelte sich gerade auf dem Steg hoch, Gott sei Dank.

»Quatsch«, sagte der Mann. »Mit meinem.«

»Wieso ...«, ich suchte nach den richtigen Worten, »wieso haben Sie die Polizei angerufen?«

Leon stöhnte auf dem Boden und machte eine Bewegung, was den Mann dazu veranlasste, seinen Fuß auf Leons Rücken zu stellen.

Ganz normal kam er mir auch nicht gerade vor.

»Wieso?«, fragte er. »Weil der Junge es mir gesagt hat. Geht um Leben und Tod, meinte er.«

»Der Junge?« Ich verstand immer noch Bahnhof.

»Der da! Dein Macker.« Er zeigte auf das Fenster, auf den See hinaus. Das Geknatter war jetzt lauter geworden und ich sah, wie ein Boot angefahren kam. Ein Kahn mit Motor? Konnte das sein? Darin saß Bastian mit grimmigem Gesicht, hinter ihm ein schlaksiger junger und ein korpulenter älterer Mann.

»Mein Macker«, wiederholte ich mechanisch. Was für ein dämliches Wort. Und waren Motorboote nicht verboten?

»Wer sind die ganzen Leute?«, fragte Melanie. Sie stand jetzt neben mir in der Tür, hielt sich an mir fest und stellte schon wieder Fragen, auch wenn sie noch leichenblass aussah.

»Erkläre ich dir dann alles«, sagte ich. Ich zerschnitt endlich den verdammten Draht und dann drückte ich sie ganz fest. »Und du musst mir erzählen, warum du in aller Herrgottsfrühe bei diesem Irren gelandet bist!«

Melanie nickte, doch ich konnte sehen, wie es in ihren Augen anfing, verdächtig feucht zu glitzern.

»Aber das hat Zeit«, sagte ich schnell. Melanie wischte sich etwas aus den Augen und setzte sich wieder auf den Steg. Ich trat neben sie und winkte Bastian.

Erst war sein Gesicht immer noch angespannt, dann aber entdeckte er Melanie neben mir und auch den fremden Mann. Er hielt den Daumen hoch. Ich ebenfalls.

»Na bestens«, sagte der Mann. »Dann ist der Spuk hier ja gleich vorbei. Schön liegen bleiben, Freundchen.« Er versetzte Leon einen Tritt und hielt dessen Hände in eiserner Umklammerung.

Bastian und die zwei Männer hatten mit dem Boot angelegt und polterten jetzt den Steg entlang. Sie marschierten durch die offene Tür herein und umringten Leon, der wie ein zerquetschter Wurm auf dem Boden lag.

»Gut gemacht«, sagte der ältere Mann.

»Mach seit 'nem halben Jahr Kampfsport«, erklärte der Mann im Polohemd.

Mir war noch ganz schwindlig. Ich ging ihnen nach und setzte mich drinnen auf die Couch, wobei ich sorgsam vermied, Leons Geschreibsel auch nur zu berühren. Melanie blieb draußen. Offenbar wollte sie keinen Fuß mehr in Leons Boot setzen.

»So, dann wollen wir mal«, sagte der Mann im Polohemd und wandte sich zum Gehen.

»Moment«, sagte ich. »Und was ist mit meinem Handy?«

»Dein Handy kannst du wiederhaben.« Der Mann trat zu mir und senkte die Stimme. Er griff in seine Hosentasche und holte mein kleines Handy heraus, das er mir wie bei einer geheimen Übergabe unauffällig in die Hand drückte. »Sorry. Habe ein bisschen überreagiert. Aber die Fotos musste ich löschen. Ein Mann in meiner Position ...« Er brach ab, plötzlich verlegen.

»Wer sind Sie eigentlich? Und wieso klauen Sie Handys?«

Er winkte ab. »Spielt doch keine Rolle. Ich klaue keine Handys, das kann ich dir versichern. Aber du kannst nicht einfach Fotos von fremden Leuten machen. Und dann vielleicht an deine Schülerzeitung schicken oder zum Fotowettbewerb *Mein schönstes Sommererlebnis* oder ins Internet stellen, wo alle Welt sie ansehen kann, oder was weiß ich. Ich meine, du musst die Privatsphäre anderer Leute einfach respektieren, verstehst du?« Er sah mich vielsagend an.

Und dann kapierte ich auf einmal, warum er so herumdruckste.

»Sie wollen nicht mit Ihrer Freundin auf einem Foto gesehen werden, das ist es, stimmt's?«

Seine Augen verengten sich leicht. Ich hatte ins Schwarze getroffen.

»Werde du erst mal erwachsen«, murmelte er. »Dann wirst du sehen, was ich meine. Ist nicht immer alles so einfach, wie ihr mit euren paar Jahren auf dem Buckel denkt.«

Wahrscheinlich war er verheiratet. Hatte Kohle, so wie er aussah. Und eine Frau, die brav darauf wartete, dass er von seiner »Dienstreise« zurückkam. Eine Frau, die ihm das schicke Haus in Schuss hielt, für das er so schwer arbeitete. Was für eine Farce.

Aber ich zuckte nur mit den Schultern. Seine Freundin war mir so was von egal, angesichts dessen, was hier passiert war. »Schon vergessen.«

Er rieb sich erleichtert mit der Hand über die Stirn. »Auch kein Wort zur Polizei, okay?« Er hüstelte kurz in seine Hand. »Wegen dem Wald und so, wie gesagt, es war nicht so gemeint. Und ich denke, wir sind ja auch quitt, meinst du nicht?«

Ich zuckte wieder mit den Schultern. Was für einen Unterschied machte es schon. Und außerdem hatte er uns gerettet, egal wie bekloppt er war.

»Okay.«

»Gut.« Er wandte sich ab und ging zu den fremden Männern, die um Leon herumstanden.

»Danke«, rief ich ihm schwach hinterher. Er winkte ab, drehte sich nicht mal um.

Und dann war es, als ob all meine Kraft der letzten Stunde plötzlich mit einem Schlag verpuffte. Ich legte den Kopf in den Nacken und ließ meinen Blick durch Leons Boot wandern.

Obwohl – es war ja gar nicht Leons Boot.

Vielleicht erfuhren wir jetzt endlich, wem das Ding wirklich gehörte.

27.

»Alles okay? Hat er euch was getan?« Bastian kam zu mir. Er war völlig verschwitzt, musste wie ein Wahnsinniger gepaddelt sein.

»Alles okay. Er hat sich irgendwie befreit. Ich dachte schon ... ich dachte ...« Plötzlich fing ich an zu weinen. Erst jetzt wurde mir klar, dass die Sache auch ganz anders hätte ausgehen können. Wenn Bastian den Mann nicht getroffen hätte ...

»Hey, ist gut, ist alles vorbei«, murmelte Bastian. Er setzte sich vorsichtig neben mich auf die Couch. Er war voller Schlammspritzer, aber ich konnte nicht anders. Ich fiel ihm um den Hals und schmierte mein tränennasses Gesicht an sein T-Shirt.

»Ist ja gut, ist ja gut.« Bastian klopfte mir erst ein wenig unbeholfen auf den Rücken, doch dann gab er es auf und drückte mich ebenfalls.

»Braucht sie mich?«, rief der ältere Mann, der mit Bastian im Kahn angekommen war, von draußen. Er beugte sich gerade auf dem Steg über Melanie und hatte irgendein medizinisches Instrument in der Hand.

»Der war früher hier der Arzt im Dorf«, erklärte Bastian mir leise. »Soll er dich auch mal ansehen?«

Ich schüttelte den Kopf. Ich wollte nur hier sitzen und Bastian festhalten und wissen, dass es Melanie gut ging. Dann fiel mir David ein. »Ich nicht, aber David, da draußen«, sagte ich aufgeregt. »Der hat bestimmt eine Gehirnerschütterung oder so was.«

Der Mann nickte und stand auf.

»Wo hast du den Arzt denn aufgegabelt?«, fragte ich, als ich mich endlich wieder beruhigt hatte.

»Na ja, ich bin bis zum ersten Haus gepaddelt und habe Sturm geklingelt. Da war nur so eine sorbische Bauersfrau, aber sie hat mich zum Glück an ihren Nachbarn verwiesen, an Dr. Breslow, pensionierter Arzt. Sein Sohn ist auch gleich mitgekommen. Die haben sich so einen Motor an ihren Kahn gebaut, was wohl nicht ganz zulässig ist, aber offenbar keinen stört. Deswegen waren wir so fix wieder da. Bist du sicher, dass er dich nicht mal durchchecken soll?«

Ich schüttelte wieder den Kopf. Mir fehlte nichts.

»Und wieso hast du eigentlich ausgerechnet den Mann im Polohemd geholt?« Ich wusste immer noch nicht seinen Namen.

Bastian sah mich erstaunt an, schließlich wusste er nichts von meiner Begegnung mit dem Mann im Wald. »Warum denn nicht?«

»Ach, nur so.« Ich biss mir auf die Lippen. Ich hatte doch was versprochen ...

»Wir haben uns am ersten Abend mal kurz unterhalten«, fuhr Bastian fort. »Sind ja quasi Nachbarn. Ich hatte erst Schiss, dass er irgendwie rummeckert, weil ich da wild zelte, aber das war ihm egal. Na ja, und als ich losgepaddelt bin, da stand er gerade auf seiner Veranda. Ich habe ihm nur zugebrüllt, dass er die Polizei anrufen soll. Ich war mir aber nicht sicher, ob er es machen würde, er hat mich nur verständnislos angeguckt. Da habe ich gerufen, dass ein Verrückter ein Mädchen umbringen will, im Hausboot gegenüber, und dass es um Leben und Tod geht.« Er lächelte verlegen. »Dann bin ich schnell weiter, um noch andere Leute zu holen, falls er es irgendwie nicht ernst genommen hat oder so.« Beim letzten Satz war er immer lauter geworden, denn ein Sirenenton kam immer näher. Viel lauter als das Geknatter des Motorkahns.

Bastian lugte aus dem Fenster. »Na endlich. Und wie du siehst, hat er ja auch gleich die Polizei alarmiert. Dr. Breslow hat sie auch noch mal angerufen, da wussten sie schon Bescheid.«

Ich beugte mich vor. Durch das kleine Fenster sah ich, wie sich ein Motorboot auf den See schob, noch mal aufjaulte und kurz hinter unserem Hausboot anlegte. Natürlich, der Paddelzwang bestand ja nicht für die Polizei. Ein Mann und eine Frau sprangen heraus und kamen mit forschem Schritt auf uns zu. Und noch was sah ich. Offenbar angelockt von dem Sirenengeräusch kam jemand aus dem Wald spaziert, mit offenem Mund und verdattertem Gesichtsausdruck. Kleine Ästchen im Haar. Alex. Sofort grollte Wut in mir hoch. Ich stand auf. »Guck mal, wer da kommt. Jetzt möchte ich doch mal wissen, wo der die ganze Zeit war.«

Bastian betrachtete mich verwundert. Er hatte ja keine Ahnung, was für ein Riesenarschloch Alex war.

»Entschuldigung«, ich schob mich an Bastian vorbei. Vorn an der Tür rangelte Leon noch immer herum, obwohl er schon total zerfleddert aussah, er trat mal nach rechts, mal nach links, woraufhin mein neuer Freund im Polohemd jedes Mal »Aus!« brüllte, als ob er einen wilden Rottweiler vor sich an der Leine hatte.

»Schlampe«, zischte Leon, als ich an ihm vorbeiging, doch beim Anblick der Polizeibeamtin, die jetzt dazukam, brach seine aalglatte Fassade endgültig zusammen.

»Ach, na so was, der Herr Rico Günther«, sagte sie.

»So sieht man sich wieder.«

Herr Günther? Leon hieß eigentlich Rico Günther? Ich drehte mich noch mal zu ihm um. Sah ihm direkt in seine wutverzerrten Augen. »Rico ist echt ein Scheißname«, sagte ich.

»Spinnt ihr?«, schrie Alex mir entgegen, kaum dass ich auf der Wiese draußen war.

Wie bitte? Was sagte der da?

»Ich latsche durch diesen dämlichen Wald und ihr kümmert euch einen Dreck um mich«, brüllte er.

»Hast du sie noch alle?«, herrschte ich ihn an. »Ich habe wie eine Blöde nach dir gerufen! Weißt du überhaupt, was hier los war?«

»Wie denn? Ich bin schließlich die ganze Zeit durch dieses Unterholz geirrt! Ihr wart auf einmal alle weg, wenn ich nicht die Sirene gehört hätte, würde ich immer noch da drin rumkriechen!« Er funkelte mich wütend an, die Adern an seiner Schläfe schwollen schon wieder gefährlich an. »Nur weil Melanie glaubt, dass sie hier Prinzessin spielen kann – und ich Idiot lasse mich auch noch von dir überreden, da mitzumachen! Und dann sitzt ihr die ganze Zeit gemütlich hier und quatscht!«

Er zeigte anklagend mit dem Finger auf David, der jetzt im Gras saß, eine Wasserflasche in der Hand, und irgendwas an seinen Kopf presste. Dr. Breslow stand neben ihm und Melanie kam gerade auf die beiden zu.

Ich schloss kurz die Augen. Es gab einfach Leute auf dieser Welt, denen man nicht helfen konnte. Alex gehörte dazu.

»Halt den Mund«, schnitt ich ihm das Wort ab, als er eine weitere Schimpftirade loslassen wollte. »Du hast dich im Wald verlaufen, du wirst es überleben. Das ist hier schließlich nicht der Amazonas. Aber nur zu deiner Information – dein Freund David hat eine riesige Beule am Kopf. Vom Psychopathen Rico Günther, alias Leon von gestern Abend. Der übrigens auch deine Freundin Melanie beinahe ermordet hätte. Genau wie die Blonde aus dem Kanal, du erinnerst dich? Die geile Wasserleiche?«

Alex war dunkelrot angelaufen. »Was?«, stotterte er. »Alias was? Was erzählst du da?«

Ich ließ ihn nicht zu Wort kommen. »Und ich konnte dir leider auch nicht helfen, lieber Alex, da ich alle Hände voll damit zu tun hatte, erstens Melanies Leben zu retten und zweitens mein eigenes. Sonst noch Fragen?«

Alex schluckte nur stumm.

»Ach ja, und die Leute hier sind nicht gekommen, um dir einen neuen Kasten Bier zu bringen, die sind von der Polizei. Ich hoffe, du kriegst jetzt keinen Gehirntod.«

Damit ließ ich ihn stehen.

28.

Wir saßen auf dem Steg vor unserem Hausboot. Alex, der stumm vor sich hin qualmte, David, der sich immer noch ein Kühlpack an den Kopf hielt und ziemlich blass aussah, Bastian links neben mir, die Beine im Wasser und so nah, dass ich den Stoff seiner Shorts an meinem Bein spüren konnte. Melanie sprach gerade mit der Polizistin. Ich war auch gleich dran. Ich konnte sehen, dass Melanie sich ein paarmal Tränen aus den Augen wischte.

»Du solltest dich wirklich ins Krankenhaus bringen lassen«, sagte ich zu David. Dr. Breslow hatte ihm gesagt, dass er seinen Kopf unbedingt röntgen lassen sollte. Außerdem war es wohl wichtig, dass er sich untersuchen ließ, um Anzeige gegen Leon-Rico zu erstatten. Aber David wollte nicht.

»Geht schon«, brummte er. »Und der Typ kommt eh zurück in den Knast, ob ich ihn nun anzeige oder nicht. Ihr habt doch gehört, was der für ein Kaliber ist.«

Das hatten wir allerdings. Die Polizeibeamtin hatte ihn sogar erkannt. Er war vor ein paar Monaten aus dem Strafvollzug abgehauen, wo er wegen Körperverletzung, versuchter Entführung und unzähligen anderen Delikten eingesessen hatte. Wie ein Phantom war er sofort untergetaucht, hatte geklaut und mal hier, mal da geschlafen, bis er sich offenbar zuletzt auf dem

Hausboot neben uns häuslich eingerichtet hatte. Wahrscheinlich, um endlich das auszuleben, was er sich in einsamen Gefängnismonaten zusammenfantasiert hatte.

»Warum willst du nicht ins Krankenhaus?«, bohrte ich weiter.

»Wegen seinem Alten«, sagte Alex plötzlich. »Er ist doch von zu Hause abgehauen.«

»Echt?« Ich sah David fragend an.

»Halt die Klappe.« Er warf Alex einen ärgerlichen Blick zu. Der zog erschrocken die Schultern hoch.

Seit er als offizieller Loser im Wald das ganze Drama verpasst hatte, war er merklich kleinlauter geworden.

Doch dann sprach David plötzlich weiter. »Ich bin rausgeflogen. Hatte nur Stress mit meinem Alten, weil ich doch die Lehre abgebrochen habe. Ich habe meine Eltern schon seit Monaten nicht mehr gesehen. Hab auch keinen Bedarf. Die wissen gar nicht, wo ich bin, und wenn ich ins Krankenhaus ...« Er brach ab und biss sich auf die Lippen.

»Die wissen nicht, wo du bist?«, fragte ich entgeistert. »Und das stört die nicht?«

Er zuckte gleichgültig mit den Schultern.

»Wo hast du denn die ganze Zeit gewohnt?« Und wovon hast du gelebt?, fügte ich in Gedanken hinzu.

»Bei Kumpels. Habe viele Freunde in Berlin. Zuletzt war ich zwei Wochen bei einem Freund von meinem großen Bruder, da kam ja dann auch Izzy dazu.«

»Izzy?«

Er senkte verlegen den Kopf. »Ich hab keine Ahnung, wie sie richtig heißt. Izzy hat sie sich genannt.« Seine Stimme zitterte ein bisschen.

Das blonde Mädchen. Izzy.

»Wieso kam Izzy dazu?«, fragte ich leise. Ich wollte, dass er weiterredete.

Alex warf seine Kippe ins Wasser, wo sie zischend unterging, und David zog die Nase hoch. »Sie kam halt von irgendwoher. Vielleicht auch zu Hause rausgeflogen, keine Ahnung. Wir hatten zwei, drei nette Tage, dann fing sie an, mir auf die Nerven zu gehen. Bisschen zu abgefahren für meinen Geschmack. Sie hat wohl 'ne Weile lang sogar auf der Straße gelebt. Na, jedenfalls hat mir dann Alex das mit dem Boot erzählt und dass da zwei heiß... zwei nette Mädchen zwei Jungs zum Mitkommen suchten.«

»Ach«, sagte ich. Mehr brachte ich nicht heraus. Wir hatten Jungs zum Mitkommen gesucht?

»Das fand ich natürlich cool, mal raus aus der Stadt, aber Izzy ließ sich nicht abschütteln, die wollte unbedingt mitkommen. Ich dachte, ich spinne, als die auf einmal hier auftauchte.«

»Und dann?«, fragte ich atemlos. Bastian neben mir hatte aufgehört, mit den Füßen im Wasser herumzuspritzen. Er war genauso gespannt.

»Dann hat sie mich mit Chatnachrichten bombardiert und am Abend war sie plötzlich hier. Sie hat mitgekriegt, dass wir uns erkundigt haben, wie man zu dem See kommt. Na ja, das Letzte, was ich wollte, war, dass Izzy mit hier abhängt, denn ich fand dich eigentlich ... ich ...« Hier brach er wieder ab und guckte mich verlegen an.

»Und weiter?«, fragte ich hastig.

Er holte tief Luft. »Dann bin ich abends mit ihr hinten am See langgelaufen. Hinter Leons Hausboot. Ich meine Ricos. Ich wollte mit ihr reden, dass sie endlich wieder abhaut, aber sie hat einfach nicht zugehört. Und als sie mich dauernd umarmen wollte, da hab ich sie weggeschubst. Sie ist die kleine Böschung runtergerutscht und nicht wieder hochgekommen. Ich dachte, sie schmollt und hat es endlich kapiert, und bin einfach weg. Da hat er mich gesehen.«

»Wer hat dich gesehen?«, fragte Bastian.

»Leon. Rico, verdammt noch mal. Scheißname.«

Beinahe hätte ich gelacht. Aber nur beinahe. »Er hat dich also gesehen?«

»Ja. Das heißt, ich war mir nicht sicher. Er stand an seinem Fenster und hat rausgeglotzt. Ich bin einfach schnell weg. Und als Izzy dann am nächsten Tag … als sie da im Wasser …« Er fing an zu schluchzen.

»Da hast du gedacht, du hast ihr das angetan?«, fasste ich zusammen.

Er nickte. Schniefte. »Ich konnte es mir nicht erklären, ich habe sie ja nur ganz leicht geschubst, aber trotzdem … ich hatte so einen Schiss. Vor allem, dass Leon der Polizei von mir erzählt.«

»Rico«, sagte Alex.

»Ist doch egal, verdammt noch mal«, fuhr David ihn an.

»Dabei war er es«, sagte ich leise. »Sie ist zu ihm gegangen. Wahrscheinlich hat er wieder den netten, coolen Typen rausgekehrt. Und als er gemerkt hat, dass keiner sie so schnell vermissen wird, hat er zugeschnappt.«

David zuckte zusammen.

»Sie hatte es irgendwie geschafft, sich aus diesem Verschlag zu befreien«, fuhr ich fort. »Und dann ist sie ertrunken.«

»Und dann hat er sie in den kleinen Flussarm da hinten geschmissen«, sagte Bastian leise. »Jetzt verstehe ich.«

»Und hat das Gerücht vom Freund in die Welt gesetzt, der sie verlassen und weggestoßen hat«, fügte ich leise hinzu. So musste es gewesen sein. Die naive Chantal war der perfekte Nährboden für Klatsch jeder Art gewesen.

»Wieso nicht in den See?«, fragte Alex.

»Na, wenn sie dort aufgetaucht wäre ...«, murmelte Bastian. »Da hinten in dem Flussarm sind so viele Büsche und Pflanzen und Sumpf, da dachte er wohl ...« Er ließ den Rest unausgesprochen.

David zwirbelte an seiner kleinen Kette herum, die er um den Hals trug, mit einem Haifischzahn dran, oder einem Knochen, das konnte ich nicht erkennen. »Ich hab die ganze Zeit darauf gewartet, dass er was zu mir sagt, als wir an dem Abend bei ihm waren. Hat er aber nicht. Er hat nur so Andeutungen gemacht und mich dann zappeln lassen. Auf die Idee, dass er was mit Izzys Tod zu tun hatte, bin ich einfach nicht gekommen.«

»Aber du hast doch gemerkt, dass etwas mit ihm faul war. Das hat er mir selbst erzählt. Du hast sogar seinen widerlichen Kram gelesen!« Die Erinnerung daran regte mich wahnsinnig auf.

»Ja, schon. Aber ich hab gedacht, er ist ein Aufschneider. Und kein Mörder. Ich hab gedacht, der gibt sich als großer Schriftsteller aus, um euch Mädchen zu beeindrucken, und er hat euch ja auch beeindruckt, ich meine, Melanie war ja kaum noch zu bremsen.«

»Es war nicht Melanies Schuld«, entgegnete ich scharf.

Eine Weile lang sagte niemand etwas. Inzwischen war noch ein weiteres Motorboot der Polizei erschienen und eine kleine Gruppe neugieriger Paddler lungerte am anderen Ende des Sees herum. Die Einzige, die sich nicht blicken ließ, war die Freundin von Mr Polohemd. Wohl aus gutem Grund.

Etwas nagte noch in mir. »Wieso bist du eigentlich zu Leons Boot gekommen?«, fragte ich Bastian. »Und warum hast du uns dauernd beobachtet? Und warum hast du kein Handy? Ich dachte gar nicht, dass es so was noch gibt.«

Er wurde ein bisschen rot. »Ich fand euch ganz nett, wollte mal mit euch quatschen. Und nachdem du mich so angeschrien hattest, wollte ich noch mal ganz normal zu euch ... zu dir kommen. Ohne dich zu erschrecken. Und da habe ich dich plötzlich voller Angst rufen gehört. Und bis vor Kurzem hatte ich auch ein Handy«, sagte er leise.

»Verloren?«

Er sah mich nicht an. »Ich hab's weggeschmissen.«

»Wie bitte?«

»Ich weiß. Total bescheuert. Aber ich war so wütend, als meine Freundin mir gesagt hat, dass Schluss ist, es war wie ein Reflex. Sie wollte doch eigentlich mit mir zelten fahren und dann war auf einmal alles vorbei.«

Ach, so war das. »Wohin hast du es denn geschmissen?«, fragte ich.

»In den See«, sagte er unglücklich.

Ich weiß nicht warum, er sah zwar ziemlich bedeppert aus, aber irgendwie machte mich die Nachricht trotzdem glücklich. Das hieß ja im Klartext, dass er im Moment keine Freundin hatte.

»Ich habe noch Izzys Tasche«, sagte David plötzlich.

Die Tasche mit den Monstern! »Du hast sie also doch aus dem Wasser geholt?«, fragte ich. »Wo hast du sie versteckt?«

Er senkte verlegen den Kopf. »Unter Alex' Bett. Ich dachte, vielleicht finde ich da irgendeinen Hinweis, wer sie wirklich war. Dann hätte ich ihren Eltern Bescheid sagen können.« Er schluckte. »War aber nichts drin. Nur Schminke und so ein Krempel, alles aufgeweicht. Vielleicht schwimmt ja der Rest auf dem Grund des Sees.«

»Du musst trotzdem der Polizei die Tasche geben«, sagte ich. »Und ihnen das alles erzählen. Das bist du ihr schuldig.«

David nickte ergeben. Er würde wohl nicht umhinkommen, demnächst mit seinen Eltern kommunizieren zu müssen, sosehr es ihn auch nervte. Und wenn es nur zu dem Zweck war, dass ihn sein Vater gleich wieder rausschmiss. Er tat mir leid. Ein bisschen verstand ich jetzt sogar, warum er sich so an Alex gehängt hatte. Dieser existierte ja völlig problemfrei. Zumindest bis jetzt. Als Melanie auf uns zukam, erhob er sich schnell, wahrscheinlich, um ihr seinen Platz auf dem Holzsteg anzubieten. Sie sah ihn nicht einmal an, sondern setzte sich neben mich.

»Hat einer 'ne Zigarette?«, fragte sie.

David gab ihr eine und hielt ihr sein Feuerzeug hin. »Wieso bist du eigentlich bei dem gelandet?«, fragte er.

Melanie blies Rauch aus. »Ich war schon vorn bei der blöden Haltestelle, da habe ich erst mal geschnallt, dass die nächsten Stunden kein Bus fährt. Plötzlich war er da mit seinem Paddelboot. Hat mich wieder mit zurückgenommen. Den Rucksack kannst du im Gebüsch stehen lassen, hat er gesagt, den musst du nicht mitschleppen. Später erst ist mir klar geworden, warum. Er hätte ihn ja sonst auch nur entsorgen müssen. Und ich war einfach heilfroh, dass er da war, ich dumme Kuh. Am Tag vorher hat er mir noch gesagt, dass ich nicht sein Typ bin, deshalb wollte ich ja weg. Ich sei ihm zu … zu …« Sie schloss die Augen, presste Zeigefinger und Daumen fest darauf und machte sie wieder auf. Sie sah mich an. »Es tut mir so leid, Clara.«

»Quatsch«, sagte ich erschrocken, »dir muss gar nichts leidtun.«

»Doch, doch, du verstehst mich nicht. Wir haben noch gelacht, er und ich. Als du mich gesucht hast, ganz am Anfang. Guck mal, deine Freundin flattert rum wie ein aufgeregtes Huhn, hat er zu mir gesagt. Wir konnten dich ja durch das Fenster sehen. Ich habe noch mit dem Arschloch Kaffee getrunken. Und plötzlich, plötzlich, als ich gesagt habe, dass ich jetzt doch lieber wieder zu dir will, da hat er, da hat er …« Sie brach in Tränen aus.

»Scht«, machte ich und zog sie an mich ran. »Ist gut. Ist vorbei. Er hat mich genauso manipulieren wollen, als du mich gesucht hast, weißt du noch? Als ich in seinem Hausboot gewartet habe. Hör auf, daran zu denken.« Natürlich würde Melanie noch daran denken, und ob sie jemals wieder richtig schlafen konnte, stand wohl auch in den Sternen, aber was sollte ich sonst sagen?

Mein Handy klingelte plötzlich. Im ersten Moment zuckte ich erschrocken zusammen, weil ich überhaupt nicht mehr mit diesem Klingelton gerechnet hatte. Wie konnte das sein? Der Mann im Polohemd musste den Akku kurz ein bisschen aufgeladen haben, um die Fotos löschen zu können.

Es war meine Mutter. Ich trat ein Stück zur Seite, damit die Polizeibeamtin, die jetzt auf uns zukam, mit David reden konnte. Er hatte gerade die Tasche des Mädchens aus dem Hausboot geholt.

»Na, wie ist das Leben auf dem Hausboot?«, trompetete meine Mutter ins Telefon. »Alles klar? Hoher Seegang?« Sie lachte albern. Im Hintergrund konnte ich Tante Lena hören, die irgendetwas rief. Wahrscheinlich tranken die beiden zusammen Kaffee.

»Lena lässt dir ausrichten, wenn du irgendwas brauchst, kannst du gern zu Frau Wilber gehen, der gehört das Nachbarboot. Die ist im Sommer meist zwei Wochen lang dort. Eine ganz Nette ist das. Die lässt euch unter Umständen auch ihren Kühlschrank benutzen, damit euch die Butter nicht wegschmilzt. Sie hat auch eine kleine Enkeltochter, wie heißt sie gleich, Lena?«

»Mama ...«

»Moira heißt das Kind, komischer Name, aber jedenfalls ist die Frau Wilber sehr nett und du sollst ihr einen schönen Gruß von der Lena ausrichten.«

»Mama! Ich muss dir was sagen!«

»Ja, entschuldige, ich wollte das nur schnell loswerden, nun erzähl aber mal, wie es euch so geht in eurer Weiberwirtschaft. Ist die Frau Wilber denn da?«

Ich blickte zum Hausboot der ahnungslosen Frau Wilber. Die Mücken, die über dem Wasser schwirrten, jetzt wo es langsam Nachmittag wurde. Die zuckenden Libellen. Den glitzernden See. Die Polizei.

Sah Bastian, Melanie, Alex und David im Sonnenlicht. Bastian. Wenn ich meiner Mutter jetzt eine Beichte ablegte, konnte ich gleich meine Sachen packen. Ein bisschen Zeit wollte ich noch herausschinden, damit das, was hier zwischen mir und Bastian in der Luft hing, nicht gleich wieder davonflatterte.

Ich gab mir einen Ruck.

»Mama, alles ist prima. Ich ruf dich später zurück, ich bin gerade ...«, ich stockte kurz, sah Bastian an, seine Augen mit diesen langen Wimpern ... er lächelte und ich lächelte zurück. »Ich bin beschäftigt. Und das wird«, hier konnte ich mir ein Grinsen nicht verkneifen, denn Bastian war jetzt aufgestanden und hatte seine Arme von hinten um mich gelegt, »noch eine Weile dauern.«

Und hoffentlich nie aufhören, dachte ich, während ich mich langsam zu ihm herumdrehte.